LENA TROLL

HOLLY WOOD LADIES

Eine geht noch

© 2023, Lena Troll · hollywood-ladies.de

Satz u. Layout/e-Book: Gabi Schmid · BÜCHERMACHEREI · buechermacherei.de

Korrektorat: Ursula Fethke

Covergestaltung: Kristin Pang · www.kristinpang.com

Bildquellen: #2100687484, #2100151825, #1901661757, #1521944831, #1188741010, #86314071, #781290544 | Shutterstock; #142972639, #81312549 | Adobe Stock; Autorin

Herstellung und Verlag: BoD – Books on Demand, Norderstedt

Softcover: 978-3-73472-452-7
E-Book: 978-3-73470-007-1

Bibliografische Information der Deutschen Nationalbibliothek: Die Deutsche Nationalbibliothek verzeichnet diese Publikation in der Deutschen Nationalbibliografie; detaillierte bibliografische Daten sind im Internet über http://dnb.d-nb.de abrufbar.

1

Sylvia

DA WAR NOCH EINE! Hoffentlich die Allerletzte.

Sylvia bückte sich und schob die Stängel der Ritterspornblüten vorsichtig auseinander. Mit ihren bunt gemusterten Gartenhandschuhen schnappte sie nach der orangerotglitschigen Nacktschnecke und warf sie in ihren Henkeleimer, dessen Boden schon völlig bedeckt war. Mit leicht angewidertem Blick verschloss sie den Eimer mit dem passenden Deckel. Zu! Nun konnten die Schnecken keinen weiteren Schaden anrichten. Und jetzt? Was sollte sie mit ihnen anstellen?

Sylvias Mutter hatte früher alle Nacktschnecken, Weinbergschnecken und sogar die Tigerschnecken, die kaum Schaden anrichteten, in Bier ertränkt. Ihre Nachbarin hier im Schrebergarten, das hatte Sylvia beobachtet, verwendete das altbewährte Blaukorn, um die Schädlinge zu vernichten. Aber sie, nein, sie würde keine Tiere töten. Als aktives Mitglied der wenig aktiven Mindringer Friedensbewegungsgruppe *Schwaben for Peace* konnte sie das nicht verantworten. Doch erfreulich war es nicht, dass die Schnecken über ihr sorgsam gepflegtes Schrebergartengrundstück herfielen und die Vergissmeinnicht vernichteten. Sylvia seufzte, stellte den Eimer neben die Eingangstür ihrer Gartenhütte und zog die mit Schlamm verschmierten Gummistiefel aus. Der fast eine Woche lang andauernde Juliregen hatte ihren Blumen gutgetan, aber ihre ehemals knallgelben Gummistiefel waren nun schmutzig braun. Sylvia öffnete die Holztür und ging in Strümpfen die wenigen Schritte zur kleinen Küchenzeile. Im Kühlschrank fand sie Apfelsaft und Wasser und schenkte sich in einem ausrangierten Senfglas eine Apfelsaftschorle ein. Sie hatte einen Riesendurst und trank in großen Schlucken.

Müde lehnte sie sich gegen die Spüle und betrachtete den gemütlich eingerichteten Raum. Ein wohliges Gefühl durchströmte sie. Dies war ihr persönliches Reich. Geschaffen nach ihren Bedürfnissen. Und obwohl eine der Längsseiten ausschließlich aus überquellenden Bücherregalen bestand, wirkte die Hütte durch die großen Sprossenfenster hell. In der linken hinteren Ecke stand das 1,20 Meter breite Bett, in dem sie schlief, wenn sie hier übernachtete. Sie hatte es mit einem Quillt abgedeckt. Daneben das kleine blaue Sofa und ihr Lesesessel, über dem ein Schaffell lag. Einladend sah das aus, dachte sie zufrieden. Und das Schaf hatte sie gekannt. Sie wusste, dass es ein gutes Leben am Rand der Schwäbischen Alb gehabt hatte. In der Mitte des Raums standen außerdem ein kleiner weißer Tisch mit zwei Stühlen und ein Holzofen, der ihre Hütte selbst bei ungemütlichem Wetter und im Winter schnell kuschlig warm machte. Aber es war nicht nötig, einzuheizen. Der Sommer hatte zwar in der letzten Woche eine Pause eingelegt, doch seit heute Morgen strahlte die Sonne in einem fast unwirklich blauen Himmel.

Sylvia schenkte sich Schorle nach und stellte die Glasflasche mit dem naturtrüben Apfelsaft und das Mineralwasser wieder zurück in den Kühlschrank. Erst gestern hatte sie den Saft bei einem Biobauern ein paar Kilometer außerhalb von Mindringen gekauft. Praktisch, diese kleinen Stände am Straßenrand, an denen die Bauern auf den Dörfern ihr frisch geerntetes Obst und eigens gepresste Säfte verkauften. Mit dem gefüllten Glas ging sie aus der Hütte und setzte sich auf die blau-weiß gestreifte Hollywoodschaukel, die Joachim, ihr Mann, neben dem alten Kastanienbaum aufgestellt hatte. Mit einem kleinen Seufzer stellte Sylvia das Glas auf eine umgedrehte Apfelkiste, die sie als Beistelltisch benutzte, und ließ sich in die Schaukel fallen. Rücken, Hände, Knie, alles schmerzte. Sie wischte sich den Schweiß von der Stirn, fuhr sich durch die kurzen, grauen Haare und schloss für ein paar Sekunden die Augen.

Das Gärteln war ihr großes Glück. Aber eine pensionierte Deutschlehrerin, die in ihrem ganzen Leben vor allem geredet, gesessen und gestanden hatte, war eben kein durchtrainierter Profigärtner, der das ständige Knien, wieder Aufstehen und wieder Hinknien mit links absolvierte. Andererseits hielt sie sich mit Fahrradfahren fit. Bei gutem Wetter fuhr sie zwei- bis dreimal die Woche mit dem Fahrrad in den Schrebergarten, der rund zwei Kilometer von ihrer Wohnung entfernt war. Zwar ging es auf dem Hinweg zuerst bergab, durch ihre Kleinstadt, dann am Neckar entlang, aber wenn sie zurückfuhr, strampelte sie die Steigung auf den Heuberg hinauf. Und das ohne Elektroantrieb. Sylvia krempelte die Hosenbeine hoch und ließ ihre Füße baumeln. Die Sonne schien auf ihre Unterschenkel. Wie angenehm, nach diesen kühlen Regentagen!

Sie betrachtete ihren kleinen, kaum mehr als fünfzig Quadratmeter großen Garten. Auf der linken Seite lag das in ihrer Lieblingsfarbe angelegte blaue Blumenbeet. Hier blühten Vergissmeinnicht, wenn sie denn nicht von Schnecken angegriffen wurden, Kornblumen und verschiedene Sorten von Rittersporn. Neben dem Beet hatte Joe, wie sie ihren Mann seit bald fünfzig Jahren nannte, im letzten Jahr auf den wenigen Metern bis zum Gartentürchen einige Natursteinplatten verlegt. Den dadurch entstandenen Weg hatte sie mit ein paar Johannisbeer- und Stachelbeersträuchern gesäumt, die aber dieses Jahr noch keine Früchte trugen. Hinter der Hütte hatte Joe sogar eine ökologische Außentoilette aufgestellt. Der einzige Baum auf ihrem Grundstück war die Kastanie, die im Frühjahr riesige weiße Blüten getrieben hatte und jetzt voller Früchte stand. Sylvia freute sich schon auf den September, wenn die großen braunbeigen Kugeln vom Baum fallen würden und sie ihre Hütte damit schmücken konnte.

Ihre Hütte! Wie fabelhaft das klang! 68 Jahre alt hatte sie werden müssen, bevor sie einen eigenen Raum für sich hatte. Joe und sie hatten das Grundstück zwar zusammen gepachtet und im vorigen Sommer gemeinsam mit einem Freund die Hütte darauf gebaut, aber sie war es, die einrichten durfte, die entschieden hatte, welche Blumen und Sträucher angebaut wurden. Und sie war es vor allem, die hier werkelte und ab und zu übernachtete. Zum ersten Mal in ihrem Leben hatte sie ein eigenes Reich.

Als Kind hatte sie das Zimmer mit ihrer jüngeren Schwester teilen müssen. Als sie dann auf Lehramt studierte, hatte sie zuerst wegen der Kosten zu Hause bei den Eltern auf dem Land gewohnt. Später, als Joe in ihr Leben getreten war, hatte sie mit ihm in einer winzigen Bude gehaust. Sie hatten geheiratet, die drei Kinder waren gekommen, und sie hatten gebaut, wie man das so machte. Ein kleines Einfamilienhaus oben auf dem Heuberg, im Grünen. Nachdem die Jüngste, Gundi, ausgezogen war, hatten sie das Haus verkauft und waren in eine großzügige Zweizimmerwohnung mit Balkon gezogen. In einer Nische arbeitete sie für die Schule. Und dann, nach der Pensionierung, hatte sie ihre Arbeitsunterlagen weggeräumt, und es gab kein Zimmer für sie alleine. Diese Hütte war der erste Raum, der nur ihr gehörte. Hier saß sie in ihrem Lesesessel und las, vor allem Krimis. Und sie kam hierher, wenn sie im Garten arbeiten oder alleine sein wollte.

Joe dagegen liebte es, von alten Autos und Motoren umgeben zu sein. Gerade half er einem Freund, einen komplizierten Oldtimermotor und das dazugehörige Gefährt wieder in den Originalzustand zu versetzen. Zudem hatte Joe seine Kartenfreunde. Heute Abend würde er sich mit ihnen treffen und Skat spielen. Deshalb hatte Sylvia beschlossen, in ihrer Hütte zu übernachten. Von zu Hause hatte sie sich einen schwäbischen Wurstsalat mitgebracht. Den würde sie nachher mit einer frischen Brezel essen und dazu ein gekühltes Pils trinken. Und dann würde sie sich einen Roman von Patricia Highsmith vornehmen, den sie noch nicht kannte. Gestern Abend hatte sie Highsmiths *Der talentierte Mr. Ripley* ausgelesen, zum dritten oder vierten Mal. Was für ein großartiger psychologischer Roman! Und heute Abend würde sie sich in Highsmiths *Geschichtenerzähler* vertiefen. Sylvia liebte es, Krimis zu lesen, mitzufiebern und mit zu ermitteln. Hier in Mindringen passierte ja nichts.

Sylvia trank die Apfelschorle aus. Ihr Blick fiel auf den

Schneckeneimer. Was tun damit? Kurz huschte ein Grinsen über ihr Gesicht. Ihre übernächste Nachbarin hier in der Schrebergartenanlage, Anna Wäschle, war eine schreckliche Tratschtante. Sylvia kannte sie von früher. Anna Wäschle hatte in der Raiffeisenbank gearbeitet, in der ihre Eltern ein Konto gehabt hatten. Ihr könnte sie doch den Inhalt des Schneckeneimers in den Garten schütten. Aber nein, das war eine dumme Idee.

Vorgestern, als Sylvia kurz, wegen des Regens, mit ihrem Golf hierhergefahren war, um nach ihren Blumen zu schauen, hatte sie Anna Wäschle auf ihrem Grundstück überrascht. Die Frau war überhaupt nicht schuldbewusst gewesen, hatte nur gesagt, sie hätte sich das blaue Blumenbeet mal genauer anschauen wollen. Ein solches Beet wäre ja sehr ungewöhnlich und würde nicht so recht in die Gartenanlage passen. Und dann hatte Anna von anderen Schrebergartennachbarn erzählt, die ausschließlich Gemüse anbauen würden. »Weißt du«, hatte sie gesagt – und bereits dieses *du* hatte Sylvia maßlos geärgert. Anna hatte sich zu ihr gebeugt, als würde jemand mithören, »diese Ungarndeutschen haben überhaupt kein Gespür für Blumen. Die denken nur ans Essen.«

Angewidert hatte sich Sylvia ihrem Rittersporn zugewandt und die Frau stehen lassen.

Sylvia stand auf, zog ihre verschmutzten Gummistiefel an und schnappte sich den Eimer. Schnecken kannten ja leider keine Grenzen und würden sicher zu anderen Nachbarn kriechen, möglicherweise sogar zurück in ihren eigenen Garten. Sie griff nach ihrem weißen Fahrrad, das an der Hütte lehnte, und hängte den Eimer über das Lenkrad. Sie würde die Schnecken am Neckarufer aussetzen, dann hätten wenigstens die Elstern heute Abend ein leckeres Nachtmahl. Danach würde sie sich in ihre Hollywoodschaukel setzen, die letzten Sonnenstrahlen genießen und lesen. Später würde sie ihre älteste Tochter anrufen. Sie wollte wissen, ob Florentine endlich einen funktionierenden Anfang für ihren Krimi gefunden hatte. Sylvia setzte sich auf den Fahrradsattel und fuhr am Grundstück ihrer Garten-Feindin vorbei. Kurz geriet sie in Versuchung, wenigstens ein paar der ekligen Nacktschnecken über den Zaun zu werfen. Aber als sie einen Jogger sah, der ihr entgegenkam, ließ sie es bleiben und trat energisch in die Pedale.

2

Pia

WIE SCHÖN! DIE ZWILLINGE hatten sich heute Abend ausnahmsweise ohne Diskussionen in ihr Zimmer verzogen und
schliefen seit einer Stunde, und Paulchens Bauchschmerzen
schienen vorbei zu sein. Pias Zweijähriger hatte gerade gierig
sein letztes Fläschchen getrunken und lag zufrieden in seinem
Bettchen. Sein rechter Mundwinkel zuckte, er lächelte selig
im Schlaf. Pia strich über sein zartes Gesicht. Alles war
friedlich. Vorhin hatte Tommie noch mal angerufen. Sein
letzter Kurs vor der Prüfung schien gut zu laufen. Er wirkte
zuversichtlich, dass er es diesmal schaffen könnte, und wenn
alles klappte, wäre er in zwei Tagen wieder zu Hause. Dann
hoffentlich als frischgebackener Versicherungsvertreter, der
bald etwas zum Haushaltseinkommen beitragen konnte.

Pia atmete tief aus und machte die Schlafzimmertür leise
hinter sich zu. Endlich ein wenig Zeit für sich alleine! Sie
schenkte sich ein Glas gekühlten Weißwein ein, schnappte
sich vom Küchentisch die Zeitschrift *Hygge*, die heute in der
Post gelegen hatte, ließ sich im Wohnzimmer aufs Sofa fallen
und legte die Beine lang auf die Polster. Der erste leckere
Schluck Gewürztraminer rann langsam durch ihre Kehle.
Sie öffnete die Illustrierte und las einen Artikel über die
neuesten Riesenkissenüberzüge, die sie niemals stricken

würde, weil sie Stricken hasste. Aber die Fotos sahen toll aus. Vielleicht könnte sie ihre Mutter davon überzeugen, dass ein, zwei neu gestrickte Kissen die fadenscheinigen Stellen auf ihrer abgenutzten Wohnlandschaft verdecken würden.

Mama hatte Pia und ihre jüngere Schwester Almut früher immer bestrickt. Pia konnte sich an die kratzigen dunkelbraunen Wolljacken erinnern, die fürchterlich juckten und die sie und Almut verabscheuten. Später, bei ihren Zwillingen, hatte Mama hellere und weichere Wolle ausgewählt. Hellblau für Leon und rosa für Emma. Na ja, Pias Geschmack war das nicht gewesen. Aber damals, vor elf Jahren, als der Vater der Zwillinge sie kurz nach der Geburt der beiden verlassen hatte, hatte sie andere Probleme gehabt als die falsche Farbe der Wolljäckchen. Pia überlegte. Sie könnte ihre Wunschwolle im Wollladen in der Innenstadt kaufen. Ein Kissen in Dunkelrot und eines in Hellgrau, das würde wunderbar zu ihrem Sofa passen. Mama hatte ja eh nichts mehr zu tun, seit sie sich aus dem Bekleidungsladen zurückgezogen und Papa mit seiner neuen Freundin das Feld überlassen hatte. Jetzt würde sie endlich Zeit für Pia und ihre Familie haben, so, wie sie es schon lange versprochen hatte.

Pia blätterte um. Oh! Luftige Sommerkleider für laue Abende. Sie war so lange nicht mehr mit Tommie ausgegangen. Vielleicht könnten sie in einem vegetarischen Restaurant in Tübingen seinen Erfolg feiern. Hatte da nicht gerade ein neues Gasthaus aufgemacht? Wie hieß das denn noch mal? Es müsste genau dort neu gebaut worden sein, wo letztes Jahr der frühere Besitzer Brandstiftung begangen hatte. Wahrscheinlich hatte der mit seinem Kebabstand zu wenig verdient. Fünf Jahre hatte er dafür bekommen. Oder waren es sechs? Pia griff nach ihrem Handy und tippte. *Vegetarisches Restaurant ...* Mama könnte auf die Kids aufpassen, und sie würde in ihrem neuen Sommerkleid mit Tommie ausgehen. Ihre langen Beine, umspielt von kühler Seide und nicht bedeckt von einer dunklen, viel zu warmen Uniform, die ihr so oft die Luft zum Atmen nahm. Pia tippte weiter: *Tübingen.* Eine Liste mit Restaurants tat sich vor ihr auf, und während sie die Zeilen überflog, vibrierte das Diensthandy in ihrer Hand, und sie ahnte, dass ihr gemütlicher Abend beendet war. Nein! Bitte nicht! Kurz überlegte sie, das Vibrieren zu ignorieren, aber dann ging sie dran.

»Hallo, Pia, Einsatz!«

»Ich hab Feierabend!«, antwortete sie gequält.

»Tut mir leid, aber deine Kollegen sind gerade bei einem Auffahrunfall in der Kautstraße. Du musst. Es geht um eine Schlägerei im Jugendhaus. Vielleicht nichts Ernstes, und du kannst gleich wieder nach Hause.«

Pia atmete tief aus.

»Wird Zeit, dass dein Chef wiederkommt«, sagte die Frau am Ende der Leitung und verabschiedete sich.

Pia legte auf. Sofort blinkten Signalworte durch ihr Hirn. Paulchen, die Zwillinge. Tommie, nicht da. Mama. Sie musste ihrer Mutter das Babyphone rüberbringen. Ein Blick auf die Uhr, kurz vor zehn. Mist! Mama schlief sicher schon, sie ging oft früh ins Bett. Pia sprang auf, zog Jogginghose und T-Shirt aus, schlüpfte im Schlafzimmer leise in ihre Uniform, die sorgfältig über dem Bügel am Kleiderschrank hing, und zog die Schnürsenkel der Dienstschuhe zu. Ein Blick auf Paulchen, er schlief tief und fest. Sie lief eilig einen Stock nach oben und öffnete das Zimmer der Zwillinge.

Leon war mit seinem Tablet in der Hand eingeschlafen. Pia zog es ihm weg und verstaute es in einer Schublade. Emma lag bäuchlings im Bett, die Decke hatte sie weggestrampelt, wie immer. Pia hob sie vom Boden auf, legte sie über ihre blond gelockte Kleine und schloss leise die Tür hinter sich. Sie eilte nach unten, schnappte sich Handy, Babyphone, Autoschlüssel und ihren eigenen sowie Mamas Hausschlüssel von der Garderobe. Es kam nicht oft vor, dass sie abends zu einem Einsatz gerufen wurde, aber wenn, dann liefen ihre Handgriffe wie geschmiert. Sie schloss die Haustür hinter sich. Noch mal ein kurzer Blick zum Zimmer der Zwillinge, alles dunkel. Sie ging die paar Schritte zur nächsten Haustür und schloss auf.

»Für Notfälle«, hatte ihre Mutter vor ein paar Wochen zu ihr gesagt und ihr den mit kitschigen Federn und bunten Ringen geschmückten Schlüssel in die Hand gedrückt. »Ist ja gut, wenn man eine Polizistin als Tochter hat. Könnte ja mal was passieren. Einbrecher oder so.«

Praktisch, dass ihre Mutter nach der Scheidung von Papa in die leer gewordene Doppelhaushälfte nebenan gezogen war. Kaum vernehmlich schloss Pia die Haustür hinter sich. Weder im Wohnzimmer noch in der Küche brannte Licht. »Mama?«, fragte sie vorsichtig, schaute sich im unteren Stock kurz um, dann sprang sie die Treppenstufen zum Schlafzimmer nach oben. Gut, dass ihre Dienstschuhe Gummisohlen hatten. Sie näherte sich der Schlafzimmertür. Hörte leises Stöhnen. Oh Gott, ging es Mama schlecht? Sie hatte letzte Woche über Bauchschmerzen geklagt. Das Stöhnen wurde lauter. Pia raste zur Tür, drückte die Klinke nach unten und ... erstarrte. Das schummrige Licht der Straßenlaterne fiel auf ihre leicht bekleidete, schon immer rundliche Mutter und zudem auf einen ihr unbekannten nackten Mann.

»Ähm, Entschuldigung!« Abrupt drehte sie sich um, rannte aus dem Schlafzimmer, blieb auf dem Gang stehen und atmete tief durch. Mama und ein fremder Mann!

»Wie wäre es mit Klopfen?«, rief eine ihr gut bekannte Stimme aus dem Zimmer.

Sie schluckte. Nein, sie war keine prüde Tochter. Aber wie konnte Mama nur? Ihre eigene Mutter! Pia war schon im Begriff, die Stufen hinunterzulaufen, ihr würde etwas anderes einfallen, ihre Freundin Florentine, sie war doch immer so lange wach, die könnte sie anrufen und bitten ... – als ihre zerzauste Mutter im rosengemusterten Bademantel an der Tür stand und hinter ihr der schlohweiße Kopf eines freundlich blickenden Mannes auftauchte.

Mama sagte nichts, doch der fremde Mann, jetzt mit weißer Rippstrickunterwäsche bekleidet, streckte die Hand an Mamas fülliger Schulter vorbei. »Kurt«, sagte er mit dunkler Stimme. »Und Sie sind sicher die furchtlose Tochter?« Er lächelte.

Pia bemerkte, dass ihr Mund offen stand. Sie schloss ihn, drückte ihrer Mutter das Babyphone in die Hand, murmelte: »Hab nen Einsatz«, und rannte nach unten. »Drüben ist alles friedlich!«, rief sie noch hinterher. Dann war sie draußen.

3

Florentine

IHR HANDY KLINGELTE, UND Florentine wusste sofort, wer es war. Es gab nur eine, die es wagte, um halb elf Uhr nachts bei ihr anzurufen. Ihre Mutter. Florentines Freunde, ihre Geschwister und alle Bekannten wussten, dass sie abends schrieb. Immer nur abends. Eigentlich. Sie griff nach ihrem Handy. Kurz überlegte sie, nicht dranzugehen, aber heute Abend würde die Muse sie sowieso nicht mehr küssen, so könnte sie auch mit ihrem größten Fan reden. »Hallo, Mama!«

»Hallo, Flo.«

»Sag mal, haben wir uns nicht erst gestern gesehen?«

»Kann sein. Ich wollte dich nur fragen, wie es läuft.«

»Nix läuft.«

»Hast du nicht gesagt, du brauchst einen Vorschuss?«

Florentine seufzte. »Ja, das stimmt. Aber ich kann mir keinen blutrünstigen Krimi aus den Fingern saugen. Und in Mindringen passiert doch nichts. Zudem habe ich noch nie in meinem Leben einen Toten gesehen. Geschweige denn einen Ermordeten.«

»Da siehst du mal, wie gut es dir bisher im Leben ergangen ist.«

Florentine hörte ihre Mutter seufzen.

»Ich erinnere mich noch genau, was mit meinem Onkel

Leopold passiert ist. Er hat auf dem Bau gearbeitet und eine Baggerschaufel an den Kopf bekommen. Was meinst du, wie sein Schädel ...«

»Mama, bitte. Die Story kenne ich. Sie haben ihn wieder hergerichtet, aber er hat zeitlebens einen schiefen Kopf gehabt und ist Jahre später an den Folgen der Verletzungen gestorben.«

»Genau.«

»Ich kann mir so etwas Schreckliches nicht ausdenken. Und will es auch nicht. Du weißt, dass ich mich seit meiner Kindheit vor Spinnen und anderen Krabbeltieren fürchte. Wie grausam war das, wenn du mich in den Keller geschickt hast. Ich sollte eingelegte Gurken holen und bin vor Angst fast gestorben, weil überall diese Spinnennetze herumhingen und sich in meinen Haaren verfangen haben. Eklig!«

Ihre Mutter lachte auf. »Stimmt! Gundi und Berti waren nie so schreckhaft wie du, obwohl du die Älteste bist.«

»Mama, das ist nicht zum Lachen. Seit Neuestem bekomme ich sogar erhöhten Puls, wenn mir abends im Treppenhaus jemand begegnet. Und da soll ich plötzlich einen Krimi oder gar Thriller schreiben? Niemals! Gott sei Dank habe ich Eddie, sonst würde ich mich nachts nicht mal mehr auf die Straße trauen.«

»Lebt der immer noch?«

Florentine musste sich beherrschen, nicht die Auflegetaste zu drücken. Aber wenn sie es täte, würde ihre Mutter gleich noch mal anrufen, weil sie meinte, Florentine hätte sie aus Versehen weggedrückt. »Eddie erfreut sich bester Gesundheit.« Ihr Blick fiel auf den schnarchenden Mischlingshund, der in seinem Hundebettchen neben ihrem Schreibtisch lag. Ab und an zuckten seine kurzen Beinchen. Er schien zu träumen.

»Wie alt ist er jetzt?«

»Ich weiß es nicht, und es ist mir auch egal.« Was überhaupt nicht stimmte. Sie hoffte, Eddie wäre in seinen besten Jahren, obwohl er verdächtig weiße Barthaare trug, die sie jedes Mal kitzelten, wenn er ihr Gesicht abschleckte. Florentine brauchte Eddie, er war ihr treuester Gefährte, seitdem ...

»Ich kann es immer noch nicht begreifen, dass du seinen Hund zu dir genommen hast.«

Florentine kniff die Mundwinkel zusammen. »Dieser jemand hat einen Namen. Er heißt Lars. Und ich will nicht über ihn reden!« Sie hatte versucht, ihren Ton scharf klingen zu lassen, bemerkte aber, dass ihr das nicht so recht gelungen war.

»Dein Lars hat dich verlassen, und du kümmerst dich um seinen Hund. Wie kannst du nur?« Ihre Mutter klang empört.

Florentine schwieg. Sie wusste genau, wenn sie jetzt nicht den Mund hielt, würde sie sich in Rage reden. Sie würde ihrer Mutter zum tausendsten Mal erklären, dass auch sie daran schuld war, dass Lars sie verlassen hatte. Schließlich hatte Florentine ihm gegenüber immer wieder betont, wie viel Zeit sie zum Schreiben bräuchte, und es hatte sie nie gestört, dass er oft mit seinen Freunden unterwegs gewesen war. Und dass sie es nachvollziehen konnte, dass er in seiner neuen Familie keinen kläffenden Hund haben wollte. Doch nicht mit einem Baby, das bald da sein würde.

»Warum hast du mich eigentlich angerufen?« Florentine war müde. Eddie musste noch mal raus, und sie wollte diesen unnützen Tag so schnell wie möglich hinter sich bringen.

»Ich wollte wissen, wie weit du gekommen bist, und dir Mut zusprechen.«

»Das ist dir wunderbar gelungen.«

»Jetzt sei doch nicht gleich beleidigt.«

Florentine hörte, wie ihre Mutter die Nase hochzog. Eine Eigenart, die sie sich seit Jahren abgewöhnen wollte.

Dann fuhr sie fort: »Zudem habe ich gestern Abend einen großartigen Krimi ausgelesen, von Patricia Highsmith. Die habe ich gerade wiederentdeckt. Ihr *Mr. Ripley* ist einfach genial. Und heute Abend werde ich einen neuen Roman von ihr beginnen ...«

»Schön, dass du mir deine Lesehighlights nicht vorenthalten willst«, unterbrach Florentine ihre Mutter. »Aber wie sie werde ich wohl nie schreiben. Zudem habe ich bisher, wie du weißt, ausschließlich Liebesromane verfasst. Sechs Liebesromane. Und nur, weil mein letztes Manuskript nicht gut war und meine Lektorin meinte, ich solle mal nen Krimi schreiben, muss ich mir jetzt das Hirn ausquetschen. Aber es kommt einfach nichts dabei heraus. Dabei war meine Geschichte nur deshalb Mist, weil Lars gegangen ist. Ich konnte doch nicht mehr schreiben und ...« Florentine schluckte, Tränen stiegen ihr in die Augen. Wie sie es hasste, wenn ihre Mutter sie an Lars erinnerte, den sie doch meist verdrängen konnte. Sie hörte, wie ihre Mutter tief einatmete. Jetzt würde sie gleich etwas Schräges von sich geben.

»Vielleicht stellst du dir einfach mal vor, ihn zu ermorden. Dann klappt das schon mit deinem Krimi.« Mama lachte auf. »Oder frag doch deine Freundin Pia, wie das geht mit einem Mord. Sie ist doch Polizistin.«

»Pia hat drei Kinder, einen Mann und einen Job. Ich

glaube nicht, dass sie Zeit hat, mir Ratschläge zu geben, wie ich meinen Ex-Freund umbringen könnte.«

»Ich meine ja nur. Vielleicht hat sie ein paar gute Tipps.« Ihre Mutter gluckste. »War ein Scherz, Flo. Nein, oder ich helfe dir dabei. Also ...«, sie stockte, »mit der Grammatik, meine ich. Weißt du doch, deine Kommafehler, das geht gar nicht.«

»Nacht, Mama, schlaf gut!« Florentine reichte es. Endgültig.

»Jetzt leg doch nicht gleich auf.«

»Eddie muss noch mal pinkeln.« Sie schaute auf den kleinen Hund, der wie eine Mischung aus Zwergschnauzer und Dackel aussah, aber ob er das tatsächlich war, wusste niemand. Eddie öffnete sein linkes Auge. Wahrscheinlich war ihre Stimme doch einen Ton zu hoch geraten, und das mochte er ganz und gar nicht. Aber jetzt schloss er das Auge wieder, tat einen tiefen Atemzug, grunzte und schlief weiter. Am anderen Ende der Leitung war es still. Dann hörte sie plötzlich im Hintergrund jugendlich klingende Stimmen. Irgendjemand grölte. »Wo bist du eigentlich?«

»Wo wohl?«

»In der Hütte?«

»Dein Vater spielt Skat. Heute ist er der Gastgeber, und die ganze Truppe ist bei uns zu Hause. Da habe ich es vorgezogen, einen guten Roman zu lesen und hier zu übernachten.«

»Aber das ist doch viel zu gefährlich.« Florentine grauste es, wenn sie nur daran dachte.

Das Gartenhaus stand in einer Kolonie am Rand von Mindringen. Weit und breit nichts, nur eine kleine Brücke, die über den Neckar führte. In der Nähe eine Schule für Behinderte, ein alter, grusliger Friedhof, auf dem seit

21

Jahrzehnten keine Beerdigungen mehr stattfanden, uralte Eichen und Kastanienbäume, Weidensträucher und schlecht beleuchtete Rad- und Gehwege. Und in der Gartenkolonie selbst war es stockdunkel. Es gab keine Laternen, nur die Funzeln in den Hütten. Und jetzt diese lauten Stimmen.

Als ob Mama ihre Gedanken lesen könnte, ergänzte sie: »Dein Vater hat vorgestern Sonnenkollektoren auf dem Dach montiert. Das reicht für die Leselampe und die über der Spüle, für den Kühlschrank, und mein Handy kann ich damit auch aufladen. Das Bier ist also kalt, und ich könnte die ganze Nacht mit dir telefonieren, wenn ich wollte. Will ich aber nicht, denn du hast ja keine Lust, mit mir zu reden.«

Florentine wollte gerne etwas darauf erwidern, aber ihre Mutter redete weiter: »Und draußen sind nur ein paar Jungs, die feiern. Die tun mir nichts. Die haben Besseres zu tun, als einer alten Frau aufzulauern. Zudem ist einer dabei, der bei mir im Deutschunterricht war. Der hat immer sehr intelligente Aufsätze geschrieben. Du musst dir also keine Sorgen machen.«

»Aha, intelligente Menschen machen also keine Dummheiten.«

Ihre Mutter schwieg.

Florentine wartete, aber es kam nichts mehr. »Pass auf dich auf, Mama«, sagte sie.

»Du auch, mein Kind.«

Sie wollte gerade auflegen, als ihre Mutter weiterredete: »Kommst du morgen zum Kaffee? Ich backe eine Schwarzwälder Kirschtorte. Die magst du doch so gerne.«

»Hab ich einen Geburtstag verpasst?«

»Nein, aber dann können wir Brainstorming machen.

Wegen deines Krimis. Vielleicht fällt uns zusammen etwas Geniales ein. Um drei?«

Florentine überlegte kurz, dann sagte sie: »Bis morgen, Mama. Schlaf gut«, und legte auf.

Eddie musste tatsächlich noch mal raus. In letzter Zeit konnte er ab und an das Wasser nicht halten, und er hatte schon etliche Male auf den Balkon gepinkelt. Was ihm sichtlich peinlich gewesen war, denn danach hatte er sich immer unter dem Sofa verkrochen. Hoffentlich hatte er keine Blasenentzündung. Sie sollte morgen unbedingt im Internet nachlesen, ob Hunde überhaupt Blasenentzündung bekommen konnten. Florentine stand auf, beugte sich zu Eddie und streichelte ihm über den Kopf. »Komm, Kleiner. Nur kurz pinkeln, dann darfst du wieder in dein Bettchen. Und ich auch.« An der Garderobe schnappte sie sich die Leine und winkte damit.

Eddie erhob sich träge von der weichen Unterlage, gähnte und wackelte auf seinen kurzen Beinchen zur Tür.

Florentine zog die Jeansjacke über, leinte Eddie an und schloss die Wohnungstür, so leise es ging. Sie wollte zu nachtschlafender Zeit keine der weiteren acht Parteien wecken. Außer einem der Mieter, der Tag und Nacht auf den Beinen zu sein schien, ständig auf seinem Balkon hin und her tigerte und lauthals telefonierte, waren die anderen Nachbarn wohl eher Frühschläfer. Florentine ging die Treppenstufen vom zweiten Stock nach unten und öffnete die Haustür. Wie immer war sie nicht abgeschlossen. Ihr wäre es lieber, man würde die Tür abends von innen ab- und morgens wieder aufschließen. Aber bisher hatte sie sich nicht getraut, mit den anderen Mietern oder Eigentümern darüber zu reden. Sie wohnte erst seit einem Monat hier und wollte sich nicht gleich als Schisserin outen. Sie trat vor die Tür. Ein paar Mal blinkte ein trübes Licht auf, das über dem Hauseingang angebracht war, damit man beim Aufschließen das Schlüsselloch nicht verfehlte. Nach einem letzten Aufflackern verabschiedete es sich endgültig, und Florentine stand fast im Dunkeln. Sie griff in die Seitentaschen ihrer Jeansjacke. Aber außer ein paar Hundekottüten und Leckerlis fand sie nichts. Ihre Minitaschenlampe hatte sie oben an der Garderobe vergessen. Sie umschloss den Handgriff der Langlaufleine etwas fester, und Eddie zog sie zu seiner nächtlichen Lieblingsstrecke Richtung Fußweg am Neckar.

Florentine atmete auf. Hier brannten ein paar schummrige Laternen. So konnte sie wenigstens die knapp fünfhundert Meter lange Strecke am Neckar entlang zur Kita einsehen. Und sie hoffte, um diese Zeit weder rasenden E-Bikern, die Eddie über die Beinchen fahren könnten, noch dunkel gekleideten Joggern zu begegnen, die sie zu Tode erschrecken würden. Gut, dass sie blond war. Zumindest ihre Haare waren in der Dunkelheit nicht zu übersehen.

Eddie fraß Gras, ließ nur wenige Sträucher aus, an denen er sein Bein nicht hob, und schnüffelte sich zentimeterweise weiter.

Langsam entspannte sie sich. Sie atmete tief aus. Was machte es schon, wenn sie keine Idee zu einem Krimi hatte? Irgendwann würde sie wieder einen Liebesroman schreiben. Irgendwann! Sie seufzte. Wenn sie verliebt war, flogen ihre Finger nur so über die Tasten. Dann konnte sie schwärmen und sich die wunderbarsten Intrigen ausdenken, die natürlich in einem Happy End mündeten. Und bisher hatten die Leserinnen ihre Liebesgeschichten immer gemocht. Zumal sie in einer Traumgegend spielten, in den Schären Stockholms. Umgeben von kleinen Inseln, weißen Booten, Strandvillen mit ausladenden Terrassen und braun gebrannten blonden schwedischen Traummännern, die ihre Heldinnen auf Händen trugen. »Ach Scheiße!« Abrupt blieb Florentine stehen. Sie war in Hundekacke getreten, die mitten auf dem Weg lag. Angeekelt versuchte sie, ihre hellen Sneakers mit einem abgebrochenen Zweig zu säubern, den sie neben dem Fußweg gefunden hatte. Es gelang ihr mehr schlecht als recht, und die Kacke stank bestialisch. Hektisch rieb sie ihren Schuh im Gras hin und her. Eddie war stehen geblieben und schaute sie mit seinen großen Kulleraugen an. »Nein, du bist nicht schuld, mein Kleiner. Alles gut!« Florentine beugte sich zu ihm hinunter und strich liebevoll über sein struppiges Fell.

Eddie trottete weiter, und sie ihm nach.

Ihr Eddie! Früher war Eddie Lars' Hund gewesen. Er hatte ihn von einer Reise nach Rumänien mitgebracht, wusste nicht, woher Eddie kam, wie alt er war, hatte ihn auf der Straße aufgegabelt und in seinem alten Saab über mehrere Grenzen nach Schweden geschmuggelt. Damals, vor eineinhalb Jahren, fand sie das süß. Ein Mann, der sich in einen Hund verliebt hatte! So, wie sie sich in Lars verliebt hatte. Lars hatte Eddie immer mit in seine Surfschule genommen. Wobei, damals war sein Laden ja erst im Aufbau gewesen. Sie seufzte. Ein Start mit ihrem Geld. 20.000 Euro hatte sie ihm geliehen. Florentine blieb stehen. Davon hatte sie ihrer Mutter gar nichts erzählt. Und das würde sie auch tunlichst bleiben lassen. Sie wusste genau, was Mama sagen würde. »Bist du wahnsinnig! Diesem Typen auch noch Geld zu leihen. Das siehst du nie wieder!«

Dem war aber nichts so. Lars stotterte seine Schulden ab, langsam, aber immerhin. Hundert Euro jeden Monat. Das Geld für den letzten Monat ließ zwar noch auf sich warten, aber davor hatte er immer pünktlich gezahlt. Das letzte Mal, als sie ihn vor ihrem Umzug nach Deutschland getroffen hatte, hatte er ihr gegenüber noch mal beteuert, dass er alles zurückzahlen würde. So schnell er konnte.

Blöd nur, dass es auf ihrem Girokonto völlig mau aussah. Irgendetwas musste sie sich einfallen lassen. Und zwar schnell. Sie hatte sich schon überlegt, ihren neuen Nachbarn zum Essen einzuladen. Er musste in ihrem Alter sein, Anfang vierzig, mit netten Lachfältchen um die Augen, und ab und zu war Jazzmusik aus seiner Wohnung zu ihr herübergeschallt. Wieder verlieben, das wäre es. Florentine seufzte. Dann würde sie bestimmt wieder einen Liebesroman schreiben können. Aber sie hatte bemerkt, dass dieser Nachbar kurz hintereinander Damenbesuch gehabt hatte. Nein, darauf hatte sie keine Lust. Und dennoch: Sie brauchte unbedingt einen Vorschuss, sonst würde sie Anfang nächsten Monats ihre Miete nicht bezahlen können. Und das würde ihrem Vermieter, Herrn Neubauer, sicher nicht gefallen.

»Eigentlich sind hier im ganzen Haus Hunde verboten«, war Herrn Neubauers erster Satz zu ihr bei der Schlüsselübergabe gewesen, als sie mit Eddie vor der Haustür gestanden hatte. »Den hat ihre Frau Mutter wohlweislich verschwiegen, als sie die Wohnungsbesichtigung für Sie übernommen hatte.« Herr Neubauer hatte mit seinem Zeigefinger auf ihren Liebling gedeutet und war einen Schritt auf Eddie zugegangen. Erschrocken hatte sie Eddie geschnappt und auf den Arm genommen. Dieser Mann hatte riesige Füße. Ein weiterer Schritt, und er hätte Eddies Vorderpfoten mit seinen altmodischen Halbschuhen zertreten.

»Na ja«, hatte Herr Neubauer versöhnlich hinzugefügt. »Meine Frau schätzt ja ihre Romane. Da will ich noch mal ein Auge zudrücken. Aber wehe, Ihr Dackel bellt oder pinkelt in die Wohnung.«

Nein, Herrn Neubauer würde es sicher nicht gefallen, wenn am Monatsanfang die Miete nicht auf seinem Konto wäre.

Eddie drehte um und zog wie ein Wahnsinniger. Das tat er sonst nie. Und gewöhnlich gingen sie immer denselben Weg zurück. Am Neckar entlang, dann um die Ecke, vorbei an den Stadtwerken und nach links zurück nach Hause. Aber diesmal wollte er zum Nebenhaus, auch einem Mehrfamilienhaus, genauso gebaut wie das, in dem Florentine wohnte. Neun Parteien, die über Garage und Kellerräume mit Florentines Wohnhaus verbunden waren. Es unterschied sich nur durch eine Rampe, die außen am Eingang angebaut war. Hier wohnte ein Mann mit Rollstuhl. »Eddie, was ist denn los?« Florentine wunderte sich über die Kraft des kleinen Kerls. »Jetzt bleib doch stehen!«

Eddie zog und zog.

Sie hatte das Gefühl, ihr rechter Arm würde ausgerissen. Aber Eddie hörte nicht, sondern rannte mit seinen flinken Beinchen direkt auf den Eingang des Nebenhauses zu.

Und sie rannte hinterher.

Die Haustür stand offen! Ehe Florentine einen klaren

Gedanken fassen und Angst bekommen konnte, sprang Eddie die Treppenstufen nach unten, raste einen dunklen Gang entlang und kläffte aufgeregt vor der Tür zur Waschküche. Abrupt blieb Florentine stehen. »Eddie, bist du wahnsinnig! Du weckst das ganze Haus auf!«

Aber Eddie bellte unbeirrt weiter.

Florentine schluckte, überlegte, schluckte noch einmal, dann öffnete sie die Tür zur Waschküche.

4

Sylvia

SYLVIA HATTE BISHER KEIN Auge zugetan. Die Jugendlichen sangen und grölten, dass es einen grausen konnte. Diese schrecklichen deutschen Lieder, »Vom selben Stern« ... Meine Güte, warum konnten die keine Beatles-Texte mehr oder Wish You Were Here-Songs? Oder wenn schon deutsche Lieder, dann wenigstens von BAP oder von ihr aus von Grönemeyer. Ab und zu schrieb er ja gute Texte, wenn auch seine Musik so was von banal und eintönig war. In der Oberstufe hatte sie sogar ab und zu eines seiner Lieder besprochen. Sylvia schlug die Bettdecke zurück, stand auf und schaute aus einem der geöffneten Sprossenfenster, die sonst ihre kleine Hütte so heimelig erscheinen ließen. Aber jetzt war hier nichts heimelig. Sie hatte Kopfschmerzen durch den Lärm. Vorhin war sie versucht gewesen, das Fenster zu schließen. Hatte es aber bleiben lassen. Sie hatte noch nie bei geschlossenem Fenster schlafen können. Sogar im Winter brauchte sie frische Luft, was Joe am Anfang ihrer Beziehung fast in den Wahnsinn getrieben hatte. Aber im Laufe der Jahre hatte er ihren Tick akzeptiert, gezwungenermaßen. Sylvia steckte den Kopf durchs Fenster. Wann hörten die denn endlich auf herumzugrölen?

Aber es war ja nicht nur der Lärm. Kurz bevor es dunkel

wurde, war diese Anna Wäschle aufgetaucht und hatte sie durch ihr Geschwätz vom Lesen abgehalten. Dann das Gespräch mit Flo, der sie sichtlich auf die Nerven gegangen war, und jetzt das Geschrei der Jugendlichen, durch das sie sich überhaupt nicht auf ihren Krimi hatte konzentrieren können. Es wäre besser gewesen, sie hätte Joe und seinen Kartenfreunden ein paar Schnittchen gemacht und sich dann ins Schlafzimmer zum Lesen zurückgezogen. So hätte sie wenigstens ihre Ruhe gehabt.

Es war stockdunkel, und immer noch hörte sie Stimmen. Vereinzelt auch Lachen und klirrende Gläser. Sollte sie …? Nein, sie würde nicht zu ihnen gehen und um Ruhe bitten. Jugendliche hatten ein Recht darauf zu feiern. Auch an einem Mittwochabend. Das hatte sie selbst früher mit ihren Freunden auch gemacht und war total sauer gewesen auf all die konservativen Erwachsenen, die ihnen verbieten wollten, laut zu sein und zu trinken. Sie würde es aushalten, dass sie nicht schlafen konnte, und zudem würde es ja sicherlich nichts nützen, wenn sie zu ihnen ginge. Die Jungs würden sie auslachen, wenn sich eine ältere Frau im Nachthemd vor ihnen aufbauen und sie darum bitten würde, leiser zu sein. Zudem war ja einer ihrer Ex-Schüler dabei. Mein Gott, Sylvie. Stell dich nicht so an. Morgen ein halbstündiges Mittagsschläfchen, und die Welt würde wieder in Ordnung sein. Sie schloss das Fenster. Wenn Joe jetzt da wäre, würde er den Jungs sicher die Meinung geigen. Er redete wenig, aber wenn, dann zeigte es oft Wirkung. Nein, ihr Mann war nicht hier. Er mochte es nicht, im Gartenhaus zu übernachten, das Bett war ihm zu schmal. Dabei hatten sie früher auch in einem 1,20-Meter-Bett geschlafen. Da war es ihm nicht zu schmal gewesen. Seufzend drehte sie sich um, schaltete das kleine Licht über der Spüle ein und holte sich ein Pils aus dem Kühlschrank. Es nützte nichts, sich zu ärgern. Sie würde sich ein kühles Bier genehmigen, den *Geschichtenerzähler* noch mal von vorne beginnen und es sich auf ihrem Lesesessel so gemütlich wie möglich machen.

Als sie den ersten Schluck getrunken hatte und ihr Buch aufschlug, läutete das Handy. Erschrocken fuhr Sylvia zusammen. Es war fast Mitternacht. Irgendetwas musste passiert sein. Nicht mal sie selbst rief andere um diese Zeit an, nicht mal Flo. Obwohl die sicher um diese Uhrzeit noch wach war und an ihrem Krimi herumdokterte. Und Joe war sicher schon im Bett. Sie schaute auf das Display. Es war Joe. Um Himmels willen!

»Ja?« Sie merkte, wie zaghaft ihre Stimme klang.

»Sylvie. Kannst du heimkommen? Florentine ist im Krankenhaus.«

»Wie? Was ist denn passiert?«

»Sie hat in der Waschküche eine bewusstlose Frau gefunden und ist dann irgendwie, keine Ahnung, auf den Kopf gefallen oder ohnmächtig geworden.«

»Was macht sie denn nachts in der Waschküche? Sie hat doch gar keine Waschmaschine. Und woher weißt du das? Wer hat dich denn angerufen?« Sylvia verstand überhaupt nichts.

»Pia.«

»Pia? War denn die Polizei vor Ort?«

»Ja, wegen der Frau. Die ist anscheinend niedergeschlagen worden. Und dann muss Flo umgefallen sein. Vielleicht vor Aufregung. Pia wusste auch nicht mehr. Flo ist jetzt auf alle Fälle zur Untersuchung im Krankenhaus.«

»Gut. Dann fahren wir zu ihr.«

»Nein, es ist wohl nicht so schlimm. Pia meinte nur, sie solle eine Nacht zur Kontrolle bleiben.«

»Warum soll ich dann nach Hause kommen?«

Sylvia merkte, dass er zögerte. Dann kam: »Pia hat mir den Hund gebracht.«

»Eddie?«

»Ja.«

»Und jetzt?«

»Kannst du dich bitte um ihn kümmern.«

»Warum? Was macht er denn?«

»Er bellt die ganze Zeit.«

»Ich hör gar nichts.«

»Ich hab ihn ins Schlafzimmer gesperrt.«

»Oh, Joe. Rede mit ihm. Dann beruhigt er sich schon wieder, oder gib ihm was zu fressen.«

»Wir haben doch kein Hundefutter im Haus, und du weißt doch, ich kann nicht mit Hunden. Nicht mal mit diesem kleinen.« Sylvia hörte ein tiefes Seufzen. »Du würdest mir wirklich einen großen Gefallen tun, Sylvie.«

Jetzt war sie es, die seufzte.

»In einer Viertelstunde bin ich da.«

»Danke. Und fahr vorsichtig. Und schalte dein Fahrradlicht an. Und ...«

Sie legte auf. Sie kannte Joes Ratschläge, das konnte länger dauern, doch jetzt wollte sie schnell zu ihm.

Normalerweise hatte Joe vor nichts und niemandem Angst. Er war der mutigste Mann, den sie kannte. Zumindest früher war das so gewesen. Sie schlüpfte aus ihrem Nachthemd, warf es aufs Bett und zog sich geschwind an. Dann setzte sie sich auf einen der beiden Küchenstühle und begann, ihre Schuhe zuzuschnüren. Sie lachte auf, als sie daran dachte, wie Joe einmal, da waren sie gerade frisch verheiratet, einem Taschendieb hinterhergespurtet war. In Florenz war das gewesen. Eine alte Frau hatte um Hilfe gerufen. Joe hatte die Situation sofort erkannt und war gerannt. Er hatte lange Beine, konnte gut sprinten und hatte den Mann tatsächlich geschnappt. Damals war sie stolz gewesen auf ihren furchtlosen Mann. Aber mit den Jahren hatte sich das irgendwie verflüchtigt, und mit Hunden konnte er überhaupt nicht umgehen. Bereits als kleiner Junge war er einmal, das hatte er ihr erzählt, von einem Schäferhund aus der Nachbarschaft gebissen worden. Joe hatte die Hand in seine Hundehütte gesteckt und wollte ihn streicheln. Später als Erwachsener hatte ihn ein frei laufender Rottweiler erwischt. Und schließlich vor ein paar Jahren ein kleiner Mischlingshund. Der hatte sich in Joes Hose verbissen, seitdem war es ganz aus mit Hunden. Sylvia stand auf und griff nach ihrer leichten Jacke, die am Haken nahe der Tür hing, und zog sie über. Warum nur hatte Florentine diesen kläffenden Eddie aus Schweden mitgebracht, dessen Rasse sie nicht mal kannte? Sylvia nahm den Hüttenschlüssel und die Taschenlampe vom Haken und ging hinaus. Sie beleuchtete das Türschloss, sperrte hinter sich ab und schnappte sich ihr Fahrrad. Flos Hund. Pfff. Er war der Hund von Lars, von Flos Ex. Diesen Hund würde sie nie mögen. Sie seufzte. Hoffentlich ging es Flo gut.

5

Pia

SIE WAR HUNDEMÜDE! PIA schloss die Haustür auf und lauschte. Kein schreiendes Kind, keine aufgedrehten Zwillinge, alles war still. Im Flur schaltete sie das Licht an, bückte sich, schnürte die Schuhe auf und ging in Strümpfen in die Küche zum Kühlschrank. Nach solch nächtlichen Einsätzen überfiel sie immer der kleine Hunger.

Gestern hatte sie beim Metzger Weber in der Stadtmitte Maultaschen gekauft. Er hatte die besten im Städtchen. Pia wollte sie eigentlich heute zum Abendessen braten. Geschmälzt, in der Pfanne, und dann mit Ei überbacken. Aber eine weniger, das machte nichts aus. Zumal es ihre Maultasche war, die sie jetzt essen würde. Sie kaufte sich mit Spinat gefüllte Maultaschen, die Kinder aßen nur die mit Brät. Pia griff nach der Tupperschüssel, in der sie die Maultaschen aufbewahrte, öffnete sie und verspeiste eine von ihnen genießerisch. Lecker! Hinterdrein ein großes Glas Wasser, und schon fühlte sie sich besser.

Im Schlafzimmer zog sie sich leise aus, um Paulchen nicht zu wecken. Zähne bürsten, auf die Toilette, und kurz danach lag sie im Bett.

Puh! Was für eine Nacht! Zuerst die Schlägerei im Jugendhaus. Zwei Jungs, einer aus Deutschland, der andere aus

Syrien. Sie hatten sich um ein Mädchen geprügelt. Der Deutsche hatte eine Platzwunde an der Schläfe, der Syrer ein blaues Auge. Die beiden Mitarbeiter des Jugendhauses hatten die Lage bereits im Griff, als sie kam. Dann kurz danach der Einsatz im Mehrfamilienhaus. Sie dachte noch beim Hinfahren, Schaltstraße, da wohnt doch Florentine.

Pia zog die Bettdecke bis zum Kinn und schloss die Augen. Als sie angekommen war, hatte der Krankenwagen schon vor der Eingangstür des Hauses gestanden. Um ihn herum sicher an die zehn Erwachsene, teils in Bademänteln, teils halb angezogen, mit Jacken über dem Schlafanzug oder dem Nachthemd. Ein Rollstuhlfahrer war auch dabei gewesen. An einem der Fenster hatte der Vorhang gewackelt. Pia hatte gesehen, wie sich jemand hinter der Gardine versteckte. Zwei Sanitäter versuchten, eine korpulente Frau auf einer Bahre in den Krankenwagen zu hieven. Einer der beiden schwankte kurz, ein schmaler älterer Mann, aber dann fing er sich wieder und schob mit voller Kraft, bis es klappte. »Puh, was für ein Kaliber«, sagte er zu Pia und wischte sich den Schweiß von der Stirn. »Die passt ja kaum auf die Bahre. Langsam müsste man mal überlegen, ob man sie nicht größer baut. Es gibt ja auch schon Särge in XXL.« Er grinste.

»Sie ist ansprechbar und hat eine ziemliche Platzwunde am Hinterkopf«, sagte der jüngere Sanitäter zu ihr und sprang aus dem Krankenwagen. »Scheint nicht so schlimm zu sein. Aber in der Waschküche, da ist noch ne Frau. Die wirkt ziemlich verwirrt. Eine Kollegin ist bei ihr. Und ein kläffender Hund, der sich nicht beruhigen lässt.« Schalt-straße, Hund?

Pia drehte sich auf die linke Seite. Als sie das gehört

hatte, war ihr klar geworden: Die Frau musste Flo sein. Pia war die Treppe nach unten gerannt und hatte schon von Weitem ein bekanntes Bellen gehört. Und da hatte sie ihre Freundin auf dem Betonboden der Waschküche kauern sehen. Neben ihr eine Sanitäterin, die ihr die Hand hielt. »Sie murmelt dauernd etwas von einer Toten«, hatte die Sanitäterin gesagt. »Verletzt scheint sie nicht zu sein, sie hat nur eine dicke Beule am Kopf. Aber ich glaube, wir sollten sie vorsichtshalber mitnehmen.«

Pia war in die Hocke gegangen. »Hey, Flo, alles in Ordnung? Hast du die Frau gefunden?«

Florentine hatte sie angeschaut, aber Pia war sich nicht sicher gewesen, ob sie sie erkannt hatte. Das Einzige, was Flo gesagt hatte, war: »Meine erste Tote.«

Pias Blick fiel auf den Wecker. 1.23 Uhr. Endlich die Augen schließen und schlafen. Sie atmete tief aus und ein. Flo war mit ins Krankenhaus gekommen, nur zur Sicherheit, die Frau mit der Platzwunde war stabil.

Alles gut, dachte Pia und zuckte kurz vorm Einschlafen zusammen, als sie ein lautes Krähen hörte. Paulchen.

6

Florentine

FLORENTINE ÖFFNETE DIE AUGEN. Sie lag in einem ihr unbekannten Bett. Alles um sie herum war weiß. Die Bettwäsche, die Wände, die Tür. Wo war sie? Sie drehte den Kopf zur Seite. Im Zimmer standen noch zwei weitere Betten. In einem lag eine blasse grauhaarige Frau, die mit offenem Mund leise schnarchte. Florentine hob den Kopf vom Kissen. Die Frau im hinteren Bett, nahe am Fenster, schien jünger zu sein. Florentine sah nur einen schmalen Rücken und lange schwarze Haare.

Sie war im Krankenhaus.

Draußen war es hell, und sie hatte einen Brummschädel, als hätte sie die ganze Nacht durchgemacht. Ein Griff an den Kopf. Die Stirn war okay, nur am Hinterkopf fühlte sie eine dicke Beule, aber keinen Verband.

Was war gestern Nacht geschehen? Wie von weit her kamen ihr Bilder in den Sinn. Die riesengroßen aufgerissenen Augen einer Frau. Fette Wülste um ihren Hals. Dann ein rotes Rinnsal, das sich in den Abfluss ergoss. Und sie selbst hatte Blut an den Händen gehabt. Florentine betrachtete ihre Hände. Sie waren sauber. Sie war in der Waschküche gewesen, die Frau lag am Boden, rührte sich nicht. Eddie, der bellte. Eddie? Wo war ihr Kleiner?

Florentine schlug die Bettdecke zurück, schwang die Beine zur Seite und schaute unter das Bett. Ein fürchterlicher Stich fuhr ihr durch den Hinterkopf. Sie stöhnte leise auf. Hier war nichts. Da lag kein Eddie, wie auch? Hunde durften nicht ins Krankenhaus. Langsam richtete sie sich wieder auf. Ihr fielen ihre nackten Beine auf und das Totenhemd, das sie trug. Ein Flatterhemdchen, hinter dem Nacken gebunden. Sie hatte nur einen Slip an. Hastig legte sie die Beine zurück aufs Bett, deckte sich zu und blickte verstohlen um sich. Aber die beiden Frauen schliefen. Niemand schaute. Warum hatte man sie in dieses Totenhemd gesteckt?

Sie dachte nach. Da war diese Frau gewesen, ihr eigenes Entsetzen über deren aufgerissene Augen, sie war nach hinten gefallen, und dann ... nichts mehr. War sie niedergeschlagen worden, vielleicht so wie die Frau? Hatte jemand Eddie entführt? Florentine lehnte ihren Rücken erschöpft auf das Kissen zurück. Seitdem ihre Lektorin sie mit ihrer neuen Aufgabe überrumpelt hatte, hatte sie ständig mit dem Tod zu tun. Immer wieder stach es wie Nadeln in ihrem Kopf.

Seit einem halben Jahr hatte sie nicht mehr solch schreckliche Kopfschmerzen gehabt. Damals, als sie sich betrunken hatte, nachdem Lars ihr verkündet hatte, er hätte sich in eine andere Frau verliebt. Und dann hatte er hinzugefügt, dass diese andere schwanger sei. Diese letzte Aussage hatte Florentine völlig umgehauen. Dass er sich verliebt hatte, das hatte sie nachvollziehen können. Das passierte. Aber dass Lars Vater werden würde. Lars, der nie von Kindern gesprochen hatte, der nicht mal mit seinen Neffen hatte umgehen können. Das war ein furchtbarer Schlag für sie gewesen. Und sie glaubte, für ihn auch. Damals hatten sie sich zusammen betrunken.

Zuerst hatten sie eine Flasche finnischen Wodka beseitigt und danach ein paar andere hochprozentige Flüssigkeiten, an die sie sich nicht mehr erinnerte. Am nächsten Morgen war er gegangen, und sie hatte nicht einmal Pia anrufen können oder ihre schwedische Freundin Stina, so gelähmt war sie. Drei Tage hatte sie sich eingeschlossen, hatte sich ins Bett gelegt, an die weiße Stuckdecke in ihrer Wohnung gestarrt und mit niemandem geredet. Dann hatte sie sich aufgerappelt, war aufgestanden, hatte wieder gegessen. Aber ab diesem Zeitpunkt hatte sie nur Mist zu Papier gebracht beziehungsweise in ihren Laptop geschrieben, und ein paar Monate später hatte ihre Lektorin hier in Deutschland ihr neuestes Manuskript abgelehnt. Zum ersten Mal und gesagt, das könne sie so nicht verkaufen. Dann war Florentine umgezogen, von Vaxholm in Schweden in ihren alten Heimatort Mindringen in Deutschland. Sie hatte es nicht mehr ertragen, am selben Ort wie ihr Ex zu wohnen. Seit Lars sie verlassen hatte, lief das Leben scheiße. Und jetzt das noch!

Florentine hörte ein Geräusch.

Eine junge, mollige Krankenschwester hatte schwungvoll die Tür aufgerissen und sagte mit einer fürchterlich lauten und vergnügten Stimme: »Guten Morgen zusammen. Gut geschlafen?« Die Krankenschwester kam mit einem Blutdruckmessgerät auf Florentine zu, und sie war so perplex, dass sie automatisch den Arm ausstreckte. Mit geübten Griffen schnallte die Schwester die Manschette um Florentines Oberarm und pumpte.

»Wo ist mein Hund?«, fragte Florentine und bemerkte, wie auf der glatten Stirn der attraktiven Schwester eine große Falte entstand.

»Welcher Hund?«

»Eddie. Ich war in der Waschküche, und jetzt ist er weg.«

»Aha.« Die Schwester schaute Florentine an, als ob sie verwirrt wäre.

»Wahrscheinlich ist er weg, weil Sie jetzt nicht mehr in der Waschküche sind. Sie sind im Krankenhaus.«

»Ich muss zu ihm. Er ist ganz alleine.«

»Sie müssen bis zur Visite hierbleiben. Dann schauen wir weiter. Was ist Ihr Eddie denn für eine Rasse?«

»Ähm. Weiß ich doch nicht. Vielleicht ein Schnauzer mit etwas Dackel. Oder ...?« Warum wollte sie wissen, welche Rasse Eddie war? Das war doch völlig unwichtig. »Und wo sind meine Kleider?«, fragte Florentine unwirsch.

»Ihr Blutdruck ist top«, sagte die Schwester und ratschte die Manschette herunter.

Florentine rieb sich den schmerzenden Oberarm. »Ich will nach Hause. Ich muss nach meinem Hund schauen. Geben Sie mir meine Kleider.«

»Es wird sich sicher jemand um Ihren Eddie kümmern.«

»Wer denn? Es ist doch niemand da.«

»Haben Sie denn keinen Mann oder Freund, der ihn versorgt?«

Florentine schluckte. Nein, hatte sie verdammt noch mal nicht. Und was ging das die Schwester an?

»Oder vielleicht eine Freundin?« Die junge Schwester schaute sie verschmitzt an.

Jetzt reichte es ihr endgültig. Mit einem Ruck warf sie die Bettdecke von sich, setzte die nackten Beine auf den Boden und stand der sicher einen Kopf kleineren Schwester angriffslustig gegenüber. Und es war ihr völlig egal, dass sie fast nackt war und im Grunde der sanfteste Mensch, den man sich vorstellen konnte. Nur nicht, wenn es um Eddie ging.

»Ich will meine Kleider«, zischte sie der Schwester zu und schaute sich kurz verstohlen um. Aber die beiden anderen Frauen schienen immer noch tief zu schlafen.

Die Schwester wich einen Schritt zurück. Dennoch gab sie nicht nach. »Jetzt beruhigen Sie sich doch.« Sie legte die Hand auf Florentines Unterarm. »Der Doktor …«

Florentine zog ihren Arm zurück, als hätte sie eine Biene gestochen. Wie konnte diese Schwester, die gerade mal halb so alt sein musste wie sie, es wagen, sie wie eine Geisteskranke zu behandeln? Florentine spürte die Zornesfalte, die sich nur im äußersten Notfall auf ihrer Stirn zeigte, und wollte gerade ansetzen, etwas Bedrohliches zu sagen, als die Tür aufging und ihre Eltern in der Türschwelle standen.

In der rechten Hand trug ihre Mutter eine große Tasche, die Florentine noch nie gesehen hatte. Noch bevor Mama etwas sagte, legte sie wie zufällig den Finger an den Mund und schaute Florentine so eindringlich an, dass diese sofort wusste, hier war etwas im Busch. Das war ihr geheimes Zeichen aus Florentines Kindheit. Schweigen, weder etwas sagen noch fragen.

»Guten Morgen. Wie geht es unserer Tochter?« Mama hatte sich an die Krankenschwester gewandt, lächelte und gab Florentines Vater, der bleich vor ihr stand, einen kleinen Schubs von hinten, sodass die beiden ganz in das Krankenzimmer treten konnten.

Florentine beobachtete, wie Mama fast wie in Zeitlupe die Tasche auf dem Boden abstellte.

Mama hatte ihren nettesten Ton angeschlagen, und

die Schwester konnte wohl nicht anders, als freundlich zu antworten. »Ihr Blutdruck ist sehr gut. Aber ...«

»Ihre Kollegin im Schwesternzimmer meinte, dass unsere Tochter nur eine leichte Gehirnerschütterung habe und sie nur deshalb über Nacht dabehalten worden sei, weil sich zu Hause niemand um sie kümmern konnte. Aber jetzt sind wir ja hier und werden Florentine mitnehmen. Es ist also alles in Ordnung.«

»Ja, aber ...«

»Auf unsere eigene Verantwortung natürlich«, betonte Mama und lächelte schon wieder.

Florentine hatte die ganze Zeit auf die große, bunt gemusterte Stofftasche gestarrt, die neben der geöffneten Tür stand. Hatte Mama ihr Wäsche mitgebracht? Aber sie hatte gar keinen Wohnungsschlüssel von ihr. Sie würde doch nicht Eddie ...? Nein, er würde sich niemals in eine Tasche einsperren lassen. Sie stöhnte. Ihr war das alles zu viel. Der schmerzende Kopf, die hartnäckige Schwester, jetzt ihre Eltern mit der merkwürdigen Tasche. Obwohl, eigentlich agierte nur ihre Mutter. Papa hielt sich im Hintergrund, schwieg und schien die Szene zu beobachten.

Florentine setzte sich aufs Bett zurück. »Natürlich. Ich gehe auf meine eigene Verantwortung«, sagte sie und versuchte, ebenso freundlich zu klingen wie ihre Mutter.

»Na dann.« Mama schaute die Schwester auffordernd an. »Vielleicht könnten Sie den Entlassbrief schreiben lassen, dann können wir gehen, und das Bett ist für Patienten frei, die Ihre Betreuung nötiger brauchen.«

Die Schwester schien etwas unschlüssig. Doch jetzt mischte sich Florentines Vater ein. Mit seiner tiefen Stimme sagte er: »Das geht schon in Ordnung mit Prof. Dr. Unger. Wir haben gestern zusammen Skat gespielt, und er ist sicher damit einverstanden, dass wir unsere Tochter mit zu uns nehmen. Er weiß, dass sie bei uns in besten Händen ist.«

Das hatte wohl genügt, denn der Kopf der jungen Schwester lief rot an. Wortlos drehte sie sich um und eilte aus der Tür.

»Das hat ja richtig gut gesessen, Joe.« Mama schaute Papa anerkennend an. Sie trat einen Schritt auf Florentine zu. »So, und wie geht's dir? Pia hat uns vorhin angerufen. Eine Krankenschwester hatte sie heute früh benachrichtigt, dass du vernehmungsfähig bist. Und da dachten wir, wir holen dich gleich ab.«

»Vernehmungsfähig. Okay. Und warum Pia? Und was hast du in der Tasche?« Florentines Gedanken purzelten durcheinander.

»Ach das.« Mama hob die Tasche hoch, und Florentine bemerkte, wie ihr Vater einen Schritt zurücktrat.

Mama stellte die Tasche auf die Bettdecke und schaute kurz auf Florentines Bettnachbarinnen. »Wir dachten, dann geht es dir gleich besser.« Sie öffnete den Reißverschluss, und vor Florentines Augen tauchte struppiges grauweißes Fell auf. Eddie! Aber was war mit ihm? Er lag da und rührte sich nicht. »Ist er tot?« Entsetzt griff Florentine in die Tasche, aber Eddie bewegte sich nicht.

»Aber nein«, meldete sich ihr Vater zu Wort. »Gestern Nacht hat Eddie laut gebellt. Er war aufgeregt, und wir konnten ihn nicht beruhigen. Und da dachte deine Mutter …« Er schaute Mama von der Seite an. »Wir haben uns auf den Schreck noch zwei Hefeweizen genehmigt, und da dachte

Sylvie, ein bisschen Bier würde deinem Eddie vielleicht guttun.«

»Wie? Ihr habt ihm Alkohol eingeflößt? Seid ihr wahnsinnig!«

»Nur ein paar Schlückchen. Es hat ihn ja auch gleich umgehauen.« Das kam von Mama.

Florentine war sprachlos. Sie schaute in das Gesicht ihrer Mutter, konnte jedoch keinerlei Anzeichen von Schuldbewusstsein erkennen. »Ein bisschen Bier hat noch keinem geschadet. Er atmet auch ganz ruhig. Schau.« Sie nahm Florentines Hand und drückte sie gegen Eddies kleines Herz.

Florentine fühlte seine langsame, gleichmäßige Atmung. Wütend riss sie ihre Hand wieder weg und blitzte ihre Mutter an.

»Sonst hätten wir deinen Liebling auch nicht mit ins Krankenhaus bringen können, oder?«

Florentine öffnete den Mund. Aber es kam nichts heraus. Sie war sprachlos.

7

Sylvia

DIE BÖDEN FÜR DIE Schwarzwälder Kirschtorte hatte Sylvia gleich heute Morgen nach ihrem Besuch im Krankenhaus gebacken. Jetzt waren sie ausgekühlt, und Sylvia hatte die Schokoböden mit einer köstlichen Kirschsahnefüllung bestrichen und mit einem Hauch Kirschwasser beträufelt. Auf dem obersten Boden fehlten nur noch die Schokoladenstreusel und am Rand die kleinen Sahnehäubchen aus dem Spritzbeutel. Sylvia löffelte die Sahne in die Haube und platzierte gekonnt die Häufchen an den Rand, sodass alle denselben Abstand hatten. Die Kirschen obendrauf, und fertig war ihre Torte. Zufrieden betrachtete sie ihr Werk. Kochen war nicht ihre Stärke, das überließ sie meist Joe, aber backen konnte sie. Ihre Schwarzwälder Kirschtorte konnte ihr niemand so schnell nachmachen. Sogar Bernd, ein Nachbar, hatte sie schon für ihre Torte gelobt, und der musste es ja wissen, schließlich war er Konditormeister und führte das beste und einzige Café in Mindringen. Sylvia stellte die fertige Torte auf den Küchentisch, leckte die letzte Sahne aus der Schüssel und machte sich am Spülbecken zu schaffen. Sie mochte es nicht, wenn Speisereste am Geschirr klebten, und da sie noch nie in ihrem Leben eine Spülmaschine besessen hatte und sich auch strikt weigerte, eine anzuschaffen, spülte sie das benutzte Geschirr sofort weg. Ihr Blick fiel aus dem Küchenfenster in den Garten der Bewohner unter ihnen, in dem die Heckenrosen und das Unkraut um die Wette zu wachsen schienen. Auch die üppige Margeritenwiese, die ungewöhnlich unordentlich für einen schwäbischen Vorgarten war, gefiel ihr ungemein. Joe und sie hatten Glück gehabt mit ihren Nachbarn, die vor einem Jahr aus Hamburg hierhergezogen waren.

»Glaubst du, Florentine kommt nachher?« Joe war in die Küche gekommen.

Während sie weiterspülte, sah Sylvia aus dem Augenwinkel heraus, dass er nach dem *Mindringer Boten* griff, der wie immer auf dem Schemel neben dem Küchenschrank lag. Er setzte sich damit an den Esstisch.

»Warum sollte sie nicht?« Sylvia wusste genau, worauf Joe anspielte, aber es gefiel ihr nicht, dass er seine Vorwürfe so versteckt formulierte. »Sie liebt Schwarzwälder Kirschtorte. Die wird sie sich nicht entgehen lassen.«

»Sie war sehr sauer auf dich.« Joe schlug den Lokalteil auf. »Nicht mal Tschüss hat sie gesagt, als wir sie an ihrer Wohnung abgeliefert hatten.«

»Warum eigentlich auf mich?« Sylvia lehnte sich an die Spüle und schaute ihren Mann herausfordernd an. »Schließlich hab ich dir den Hund vom Hals geschafft.«

»Aber auf die Idee mit dem Bier bist du gekommen.«

»Weil ich müde war und gerne schlafen wollte. Und Eddie hat immer wieder angefangen zu bellen, weißt du doch.«

»Ich hab sie noch nie so sauer gesehen«, murmelte Joe vor sich hin.

»Sie wird sich schon wieder einkriegen.« Sylvia drehte sich

um und bearbeitete den Teiglöffel unter dem Wasserhahn, dass es spritzte. Aber sie war sich selbst nicht sicher, ob Flo nachher auftauchen würde. Sie war wirklich eingeschnappt gewesen, und bleich hatte sie ausgesehen! Na ja, das kam sicher durch den Sturz. Und den Schreck von gestern Nacht. Ihre Älteste war nicht sehr mutig.

»Wenn sie nicht kommt, dann fahre ich zu ihr und bringe ihr ein Stück Torte.«

Joe schaute nur kurz von seiner Zeitung auf und runzelte die Stirn. Er blätterte und las, schließlich sagte er: »Steht noch gar nichts drin von gestern Nacht. Vielleicht berichten sie morgen darüber.«

»Was sollte da auch stehen?«

»Dass eine Frau in einer Waschküche niedergeschlagen wurde und sie Anzeige gegen unbekannt erstattet hat.«

»Aha. Woher weißt du das mit der Anzeige?«

»Von Alex, Pias Kollegen. Vorhin, als ich beim Bäcker war, hab ich ihn getroffen. Wir haben einen Kaffee zusammen getrunken.«

»Und was hat er noch zählt?« Sylvia musterte ihren Mann, der seinen Kopf weiter in die Zeitung steckte. Das war doch schon Stunden her. Warum hatte er nichts davon gesagt? Schließlich betraf es Florentine.

Joe las.

Sie überlegte. Wenn die Frau niedergeschlagen worden war, heißt das, dass auch Florentine großer Gefahr ausgesetzt war. Um Gottes willen! Wer weiß, was alles hätte passieren können!

»Sonst hat er nichts erzählt.« Joe hatte den Kopf gehoben. »Nur, dass es der Frau, einer Katja Habermann, schon besser gehe und sie wieder aus dem Krankenhaus entlassen sei.«

Sylvia sah, dass Joe die Todesanzeigen überblätterte und zu den Anzeigen kam.

Katja Habermann. Sylvia überlegte. Sie kannte eine Alexandra Habermann, die vor Jahren in Deutsch das Abi bei ihr abgelegt hatte. Nicht sonderlich intelligent, aber hübsch. War sie die Tochter dieser Frau? Soweit sie wusste, hatte Alexandra nach dem Abi eine Lehre als Bürokauffrau bei Deiniger in der Albstraße gemacht. Sie könnte Alexandra fragen, ob sie ...? Aber sie könnte auch Frau Habermann besuchen und sie selbst fragen. Vielleicht wollte ihr ja wirklich jemand etwas Böses. Vielleicht trieb sich in der Nähe dieser Mehrfamilienhäuser, die ihr noch nie gefallen hatten, jemand herum, der ...

»Was überlegst du?«, unterbrach Joe sie in ihren Gedanken. Sie spülte die letzte schmutzige Schüssel, stellte sie in das Abtropfgestell und drehte sich zu ihm um.

Joe hatte die Zeitung zugeklappt und schaute sie an. Seinen Kopf, auf dem unzählige graue Stoppeln wuchsen, hielt er etwas schräg. Als er seine Lesebrille weiter nach oben auf die Nase schob, wusste Sylvia sofort, dass er ihre Gedanken erriet. Seit 35 Jahren waren sie verheiratet, und manchmal bedauerte Sylvia es, dass er sie so gut kannte. Schade, dass es keine Geheimnisse mehr zwischen ihnen gab. »Ich werde Flo ein Stück Torte bringen«, sagte sie, band sich die Küchenschürze ab und hängte sie in den Putzschrank. »Und dieser Frau Habermann auch. Die arme Frau. Das muss ja ein furchtbarer Schrecken für sie gewesen sein. Ein Stück von meiner Torte wird ihr sicher guttun.«

Sylvia lächelte in sich hinein und bemerkte sofort Joes missbilligenden Blick von der Seite. Aber das war ihr egal.

Sie musste herausfinden, was genau gestern Nacht vorgefallen war. Schließlich betraf es auch ihre Tochter. Und zudem: Wenn schon mal etwas Spannendes in ihrer Kleinstadt passierte, wollte sie mit dabei sein.

»Und du? Was hast du heute noch vor?«

Joe schaute kurz zu ihr auf und sagte: »Ich geh zu Johannes in die Werkstatt. Der Motor ist richtig kompliziert.«

Sylvia musste sich zurückhalten, nichts Zynisches zu erwidern. Seit einigen Wochen ging Joe immer wieder zu seinem alten Freund, der eine Autowerkstatt betrieb, um auszuhelfen. Manchmal hatte sie schon gedacht, Joe würde sie anlügen. Aber welchen Grund sollte er dafür haben? Sie schaute ihren Mann von der Seite an. Nein, sie konnte nicht das leiseste Anzeichen von schlechtem Gewissen in seinem Gesicht entdecken. Vielleicht sollte sie später Evelyn, die Frau von Johannes, anrufen, und sie fragen, um welch außergewöhnliches Fahrzeug sich die beiden Männer kümmerten.

Doch jetzt hatte sie etwas anderes vor.

8

Pia

»WARUM ERHOLST DU DICH denn nicht bei deinen Eltern?«
Pia zog ihre Dienstjacke aus, hängte sie über die Lehne des
Küchenstuhls und setzte sich. »Die sind doch so fürsorglich.
Die würden dich sicher bekochen, dich umsorgen, dir eine
Decke über die Beine legen, einen Kräutertee brühen und ...«

Florentine winkte ab. »Ich kann meinen Tee alleine
zubereiten.« Sie machte sich am Wasserkocher zu schaffen.
»Möchtest du auch einen? Ich hab ...«, sie öffnete eine
Küchenschublade und schaute nach, »Hagebutte.«

Pia schüttelte den Kopf. »Damit kannst du mich jagen.
Seit wann trinkst du Hagebuttentee?«

»Den hat Lars immer getrunken. Ich weiß auch nicht,
warum ich den mit umgezogen habe. Kaffee?«

»Gern.« Pia betrachtete ihre Freundin. Müde schaute sie
aus. Sicher wegen ihrem nächtlichen Erlebnis in der Waschküche. Aber sie wirkte auch traurig. »Hast du die Trennung
von Lars langsam verkraftet?«

Florentine zuckte die Achseln. »Vielleicht hilft die Distanz.
Bin ja zumindest über 2000 Kilometer von ihm weg und
muss ihn nicht mehr sehen.«

»Was für ein Schock. Er hat dir ja erst von der anderen
erzählt, als sie bereits schwanger war. Dann muss er ja schon

länger mit ihr zusammen gewesen sein. Hast du diese Frau denn mal kennengelernt?«

»Warum sollte ich? Es reicht doch, dass ich es weiß.«

»Stimmt.« Pia überlegte. Ich hätte diesen Typen nicht einfach so gehen lassen. Vielleicht hätte ich ihm ne Knarre unter die Nase geschoben.« Pia grinste. »Oder besser unter seine Fortpflanzungsorgane.«

»Und dann?« Florentine kramte im Schrank nach der Kaffeedose.

»Keine Ahnung. Ich hätte so getan, als ob ich abdrücken würde, und mich an seiner Angst geweidet.«

»Das Allerschlimmste ist eigentlich ...« Florentine seufzte und drehte sich zu ihr um.

Pia sah Flo an. Was konnte es Schlimmeres geben, als wegen einer anderen verlassen zu werden? Als ihr damaliger Freund nach Emmas und Leons Geburt verschwunden war und nie mehr auftauchte, hatte sie geglaubt, die Welt würde untergehen und ihr Leben wäre vorbei.

»Ich hab Lars Geld geliehen.«

Das konnte doch nicht wahr sein! Wie gutgläubig war ihre Freundin? Oder eher naiv. »Wie viel?«

»20.000 Euro.«

»Scheiße!«

»Das kannst du laut sagen.«

»Und jetzt?«

»Noch zwanzig Tage, dann muss ich die nächste Miete bezahlen.« Florentine drehte sich wieder zum Küchenschrank und kramte weiter.

»Meine Güte, Flo. Und das lässt du dir gefallen? Zeig Lars an!«

»Hab sie.« Florentine hielt Pia die Kaffeedose unter die Nase. Sie lächelte schief.

Und Pia wusste, Florentine hatte nichts in der Hand. »Du hast dir das Geld nicht quittieren lassen, stimmt's?«

Florentine schüttelte den Kopf.

Das war doch nicht möglich! »Können dir deine Eltern was leihen?«

»Ich habe sie nicht gefragt, und ich werde sie auch nicht fragen.«

»Warum denn nicht?«

»Weil ich über vierzig Jahre alt bin und ohne meine Eltern zurechtkommen sollte.«

Was für ein Dickschädel! »Manchmal braucht man Hilfe. Herrgott noch mal. Sie würden dir ganz sicher Geld leihen. Ich ...«, Pia stockte, »ich würde es dir auch leihen, wenn ich es hätte. Aber ...«, sie schüttelte den Kopf. »Du weißt, mit den drei Kindern und Tommie ohne Job.«

Florentine winkte ab. »Ich schaffe das schon, irgendwie.«

Das klang nicht gerade überzeugend. Pia überlegte. Wahrscheinlich würde sie sich von ihren Eltern auch kein Geld leihen. Damals, als die Zwillinge klein waren, hatten Pias Eltern sie finanziell genug unterstützt. Und gerade hatte ihr Vater ihre Mutter ausbezahlen müssen und diese davon die Doppelhaushälfte angezahlt. Mama hatte genug abzuzahlen und Papa einen Kredit aufnehmen müssen. Nein, sie würde ihre Eltern auch nicht um Geld bitten. Aber sie würde sich gerne so betüddeln lassen, wie Florentines Eltern das mit ihrer Freundin taten. Wie nett von ihnen, sich um ihren Hund zu kümmern und sie aus dem Krankenhaus abzuholen.

Heute Morgen, sie hatte gerade die Zwillinge in die Schule geschickt und Paulchen für die Kita fertig gemacht, hatte es geklingelt. Ihre Mutter hatte ihr das Babyphone in die Hand gedrückt und gesagt: »Kurt und ich fahren ein paar Tage ins Allgäu. Ich bin ja schon so aufgeregt.« Ihre Mutter hatte wie ein verliebter Teenager gewirkt. Und ohne auf einen Kommentar von ihr zu warten, hatte sie sich umgedreht und war wieder hinter ihrer Haustür verschwunden. Pia seufzte. Sie gönnte ihrer Mutter ja ihr Glück. Aber wie konnte sie sich wieder so schnell verlieben? Ihre Eltern waren doch kaum geschieden. Und Mama hatte sie überhaupt nicht gefragt, ob sie klarkommen würde ohne Tommie.

Pia betrachtete Florentine, die sich mit langsamen Bewegungen an der Kaffeemaschine zu schaffen machte. Sie war ja noch nie die Schnellste gewesen, aber so langsam ... »Und deinem Kopf geht's wirklich besser?«

Florentine legte ein Filterpapier ein, schüttete großzügig Kaffeepulver hinein und goss heißes Wasser auf.

»Keine Schmerzen mehr?«

»Nur ab und zu ein Stechen. Das wird schon. Ich mach mir nur Sorgen um Eddie.«

Pia sah, wie Florentine einen besorgten Blick auf ihren Hund warf. Sie hatte sein Hundebettchen in die Küche gestellt. Dort lag er, vor der Spüle, hatte alle viere von sich gestreckt und schlief tief und fest.

»Es scheint ihm doch gut zu gehen. So entspannt würde ich auch gerne schlafen können. Als ich gestern Nacht gegen ein Uhr nach Hause kam, war alles friedlich. Und gerade als ich die Augen schließen wollte, ist Paulchen aufgewacht und hat geschrien. Ne halbe Stunde lang.«

»Bier ist schädlich für einen Hund.«

»Was kann denn passieren?«

»Er spuckt und bekommt Leberschmerzen. Hab ich gegoogelt.«

»Dann ist das ja wie bei uns Menschen. Mensch, Flo, jetzt ist Eddie einmal betrunken. Das kann ja nicht so schlimm sein.« Pia bemerkte Florentines missbilligenden Blick, während sie weiter Wasser auf das Kaffeepulver goss. Es duftete verführerisch. »Schau nur, er zuckt im Schlaf.« Pia beugte sich neben ihren Stuhl und streichelte Eddies Rücken. »Er träumt bestimmt was Schönes.« Sie verstand Florentines Besorgnis nicht. Eddie schien es doch gut zu gehen. So tief und fest schlafen würde sie auch gerne mal wieder. Sie setzte sich wieder aufrecht hin und versuchte, ihre langen Beine unter Florentines kleinem weißen Küchentisch auszustrecken. Müde lehnte sie sich zurück. Sie war so was von kaputt, und jetzt noch diese blöde Anzeige von Frau Habermann, der sie nachgehen musste.

»Meine Mutter ist dermaßen übergriffig. Mit ihr zusammen werde ich ganz sicher keinen Krimi schreiben. Auf ihre Ideen kann ich verzichten.« Florentine hatte zwei Kaffeebecher aus dem Schrank geholt und sie etwas lauter als gewöhnlich auf den Tisch gestellt. Sie ging zum Kühlschrank und holte eine Milchtüte heraus.

»Wie? Sie will mit dir zusammen einen Krimi schreiben?«

»Brainstorming will sie heute mit mir machen. Weil mir nichts Gescheites einfällt.«

»Das ist doch super. Sie kann sich sicher eher einen Mord ausdenken als du.« Pia grinste. Sie hatte sich schon oft gefragt, wie es Florentine früher, als sie noch zu Hause

54

gewohnt hatte, mit dieser energischen Mutter ausgehalten hatte. Die beiden waren völlig verschieden.

Der Kaffee blubberte und dampfte. Ihre Freundin griff nach der Kaffeekanne und schenkte ihr die tiefschwarze Brühe ein. Vorsichtig trank Pia einen Schluck. Sie kannte Florentines Kaffee. Stark, dass einem das Herz klopfte. Pia griff nach der Milchtüte.

»Sag mal«, Florentine hatte sich endlich zu ihr gesetzt, nachdem sie die ganze Zeit in der Küche herumgetigert war. Sie setzte die Kaffeetasse an den Mund, trank einen großen Schluck und fragte: »Geht es dieser Frau denn wirklich gut? Ich dachte, sie sei tot.«

»Ich habe sie heute Morgen im Krankenhaus besucht und befragt. Sie hat eine Platzwunde am Hinterkopf. Nichts Schlimmes. Aber deshalb hat sie so sehr geblutet. Sie behauptet, sie wäre niedergeschlagen worden.«

»Siehst du, ich habe es gewusst.«

»Was hast du gewusst?«

»Dass etwas nicht gestimmt hat.«

»Na ja, tot ist sie jedenfalls nicht.« Pia lachte. »Sie war heute Morgen quicklebendig, hat die Krankenschwester rundgemacht und sich über das magere Frühstück beschwert, das nur für einen Spatz reichen würde. Irgendwie unangenehm, diese Frau. Sie heißt Katja Habermann. Kennst du sie eigentlich?«

Florentine schüttelte den Kopf. »Sie wohnt im Nebenhaus. Nein, ich kenne gerade mal die Leute, die hier bei mir im Haus wohnen. Als ich eingezogen bin, hab ich bei allen geklingelt und mich vorgestellt. Aber nur in unserem Haus.«

»Auf alle Fälle hat Frau Habermann Anzeige gegen unbekannt erstattet. Und jetzt müssen wir ermitteln. Beziehungsweise ich.« Pia strich sich eine Strähne ihrer dunklen glatten Haare hinters Ohr. »Mein Chef ist immer noch in Kur. Er hatte einen Bandscheibenvorfall und fällt schon seit einiger Zeit aus. Meine beiden Kollegen müssen Streife fahren, und eine Kollegin, Tanja, die müsstest du noch vom Gymi kennen. Sie war ein paar Klassen unter uns. So ne Schmale, Drahtige, die einmal einem Jungen, der sie angemacht hat, eine geschmiert hat. Auf alle Fälle, Tanja ist im Urlaub. Also muss ich ran.«

»Hast du denn schon ein paar Bewohner von hier befragt?«

»Nein, aber mach ich jetzt gleich. Gestern Nacht habe ich ein paar ältere Leute gesehen. Die müssten wochentags ja zu Hause sein. Und dir ist, als du mit Eddie Gassi warst, wirklich nichts aufgefallen? Keine merkwürdige Gestalt oder vielleicht ein komisches Geräusch?«

Florentine schien zu überlegen.

»Als ich dich in der Waschküche fragte, warst du ja nicht ganz fit, da hast du nur ein wenig herumgestammelt. Aber vielleicht ist dir noch etwas eingefallen?«

»Nein, ich habe überhaupt nichts gesehen. Ich bin einfach nur Eddie nachgerannt. Die Tür ins Haus war offen ...«

»Wie? Sie stand offen?«

Florentine nickte. »Eddie ist Richtung Waschküche gerast, ich ihm nach, hab die Tür aufgemacht, und da lag die Frau.«

»Hast du dir nicht in die Hose gemacht?« Pia grinste. Sie erinnerte sich, wie sich Florentine früher an sie gedrückt hatte, wenn sie nachts von Kneipe zu Kneipe durch die Straßen gezogen waren. Dabei hatten dort zumindest schummrige Straßenlaternen geleuchtet. Bei jedem Geräusch war Flo damals zusammengezuckt.

»Nein, dazu hatte ich überhaupt keine Zeit. Ich hab nicht so viel gesehen, weil es dunkel war ...«

»Das heißt, das Licht war aus?«

Florentine nickte.

»Dann hat diese Frau Habermann also recht. Sie sagte, dass sie in der Waschküche hantiert hätte, dann wäre plötzlich das Licht ausgegangen, und sie hätte einen Schlag auf den Hinterkopf gespürt. Das heißt, jemand muss mit Absicht gehandelt haben. Und derjenige ist wahrscheinlich aus der Haustür gerannt, hat sie offen gelassen ...« Pia trank noch einen Schluck Kaffee. »Schade, dass dir nichts aufgefallen ist. Aber vielleicht bekomme ich nachher bei den Nachbarn was raus.« Pia stand auf, holte sich ein Glas aus dem Schrank, füllte es mit Leitungswasser und trank. Sie lehnte sich an die Spüle.

»Womit wurde sie denn niedergeschlagen?«

»Frau Habermann hat nichts gesehen. Es muss auf alle Fälle etwas Hartes gewesen sein. Die Wunde am Hinterkopf war schon heftig. Aber am Tatort lag kein Gegenstand, und gestern Nacht, als ich mich draußen umgesehen hatte, hab ich auch nichts entdeckt.« Pia seufzte. »Ich habe noch einen anderen Fall. Letzte Woche wurde zwei Mal dasselbe Auto beschädigt. Ein Mercedes, einmal der Spiegel, dann Kratzer im Lack, um die ganze Karosserie. Eine Beamtin aus dem Rathaus hat Anzeige erstattet, und die ist eine Bekannte von meinem Chef. Das kann ich nicht schleifen lassen.« Sie zögerte: »... nächstes Jahr geht mein Chef in Ruhestand.« Pia schaute in die dunklen Augen ihrer Freundin.

Florentine stellte die Kaffeetasse auf den Tisch. »Daher weht der Wind. Du willst Chefin werden.«

Endlich zeigte sich auf ihrem Gesicht der Anflug eines Lächelns.

»Find ich klasse! Du warst schon immer ehrgeizig. Du schaffst das! Polizistin, drei Kinder, ein Mann und Chefin des Polizeireviers in Mindringen.«

Pia lächelte, aber sie war sich nicht sicher, ob sie das wirklich schaffen würde. Auf alle Fälle nicht ohne Hilfe. Wurde Zeit, dass Tommie nach Hause kam. Sie setzte sich wieder Florentine gegenüber. Kurz stutzte sie, dann sagte sie: »Der *Mindringer Bote* sucht schon seit ewigen Zeiten einen Lokalredakteur. Deshalb wird kaum mehr was über unsere Fälle hier im Städtchen berichtet. Die bringen im Moment fast nur noch überregionale Artikel. Du hast doch früher mal dort gejobbt. Hast du nicht Lust? Vielleicht auch nur als Aushilfe, jetzt in der Urlaubszeit?«

Florentine schüttelte den Kopf. »Nein, das ist nichts für mich.«

»Du könntest dir bestimmt damit deine Miete verdienen.«

»Kennst du das Zeilenhonorar für Redakteure?«

»Kenne ich nicht. Aber irgendwas wird schon dabei rumkommen. Überleg es dir. Du kannst doch gut zuhören. Du könntest über unseren Fall schreiben und die Leute hier ein wenig interviewen. Die brauchen nur einen Anstupser, und schon legen sie los. Und solche Artikel kommen immer gut an.« Pia las an Florentines Gesichtsausdruck ab, dass sie von ihrer Idee nicht begeistert war.

»Ich muss mich um Eddie kümmern. Er ist krank. Er braucht mich.«

Pias Blick fiel auf Eddie, der immer noch schlief. Jetzt ließ er sogar einen Schnarcher von sich. Diesem Hund ging es doch gut. Sie überlegte kurz, dann fragte sie: »Was frisst Eddie denn gerne?«

»Fleischbällchen. Warum?«

»Hast du welche?«

»Ja.«

»Dann hol sie.«

Zögernd stand Florentine auf, öffnete den Kühlschrank und reichte Pia eine Plastikverpackung. Pia öffnete sie und verzog angewidert das Gesicht. Was für ein unangenehmer Geruch! Seit einem Jahr hatte sie kein Fleisch mehr gegessen. Mit spitzen Fingern griff sie eines der Bällchen und hielt es Eddie unter die Nase.

»Und jetzt?« Kaum hatte Flo ihre Frage ausgesprochen, öffnete Eddie zuerst etwas verschlafen, dann merklich fitter die Augen, schnüffelte kurz am Bällchen, öffnete sein Maul und verschlang das Fleischbällchen im Liegen.

»Oh, Eddie! Er ist aufgewacht!« Verzückt sprang Florentine auf, setzte sich zu ihrem kleinen Freund und küsste ihn auf die Schnauze.

Pia griff wieder in die Packung und schob Eddie ein zweites Bällchen ins Maul. Er schien es zu genießen, denn er hörte gar nicht mehr auf, sich über die Schnauze zu lecken. Im Liegen fressen und geküsst werden, gefiel ihm sichtlich. Grunzend streckte er alle viere von sich, und seine Kulleraugen glänzten.

»Da siehst du, wie gut es deinem Eddie geht?«

Florentines bleiches Gesicht bekam endlich wieder Farbe.

Plötzlich ging ein Zucken durch den kleinen Hund. Er krümmte sich, würgte und kotzte die soeben verschlungenen Bällchen und andere undefinierbare Speisen auf Florentines weiße Jeans.

9

Florentine

GOTT SEI DANK! EDDIE war wieder putzmunter. Nachdem er seinen Magen gereinigt hatte, rannte er auf den Balkon, durch Florentines Wohn-Arbeitszimmer und spielte mit einem Ball, den er unter ihrem Schreibtisch gefunden hatte. Sie war ja so froh, dass es Eddie wieder gut ging.

Florentine verabschiedete Pia und war gerade dabei, Eddies Kotze aufzuwischen, als er in ihr offenes Schlafzimmer spurtete und aufs Bett sprang. Sie beobachtete, wie er seine nicht ganz saubere Schnauze an ihrer Bettdecke abwischte.

»Eddie, runter, aber sofort!« Eddie zeigte keinerlei Reaktion. Genüsslich vergrub er seinen Kopf in der bunt gemusterten Decke. Zu spät! Warum nur hatte sie die Schlafzimmertür offen gelassen! Sie wusste doch, dass Eddie es nicht mochte, wenn seine Schnauze schmutzig war, und er sie sich am liebsten an einer weichen Decke abputzte. Erschöpft setzte sie sich auf die Holzumrandung ihres Bettes und betrachtete ihre notdürftig gereinigte Jeans. Jetzt musste sie erst einmal Hose und Bettwäsche wechseln und dann dafür sorgen, dass der widerliche Geruch aus der Küche verschwand. Sie hatte Lavendelduft im Putzschrank, damit könnte sie den Gestank vielleicht abschwächen. Florentine kramte, suchte, überlegte, doch das Duftfläschchen blieb verschwunden. Also zog sie sich um, weichte Hose und Bettdecke ein und überlegte eine einzige Sekunde lang, ob sie die Schmutzwäsche ihrer Mutter geben sollte. Nein, würde sie nicht. Sogar in diesem kleinen Städtchen gab es einen Waschsalon.

Zwanzig Minuten später schloss Florentine die Haustür hinter sich und ließ Eddie auf der kleinen Grünfläche vor dem Mehrfamilienhaus in den Weidenbüschen pinkeln. Sie reckte das Gesicht in die Sonne, die in einem dunkelblauen Himmel strahlte. Als sie die Augen wieder öffnete, blinzelte sie. Sah sie richtig? Aus Richtung Stadtparkplatz kam ihr ihre Mutter entgegen. Jeans, ein bunt gemustertes T-Shirt, kurze graue Haare und dazu ihr energischer Gang und ihre winzige Gestalt. Nein, Mama war nicht zu verwechseln. Florentines Mutter war sicher einen Kopf kleiner als sie, und Florentine gehörte mit ihren knapp 1,70 Meter nicht zu den größten Frauen. Vor sich trug Mama etwas weißes Rundes, das wie eine Kuchenform aussah. Jetzt hob sie einen Arm, an dem eine Tüte baumelte, winkte und kam rasch auf sie zu.

»Ich dachte, ich komme zu dir, damit du in deinem Zustand nicht extra zu uns radeln musst.«

In welchem Zustand war sie denn?

Ihre Mutter hielt ihr die Tortenform unter die Nase. »Deine Lieblingstorte. Und da ich nicht wusste, ob du Kaffee zu Hause hast, hab ich ein Pfund Tchibo-Kaffee mitgebracht. Ökologischer Anbau, aus Äthiopien.« Zur Demonstration hob sie die kleine Baumwolltasche hoch, die an ihrem Arm hing.

Florentine sagte nichts. Hatte sie schon jemals keinen Kaffee daheim gehabt? Und ihre Lieblingstorte war Schwäbische Apfeltorte, nicht Schwarzwälder Kirsch.

»Eddie ist ja wieder lebendig.« Mama schaute auf ihren kleinen Hund, der das Beinchen am verblühten Fliederbusch gehoben hatte und jetzt wild am Zierahorn schnüffelte. »Tut mir leid, dass ich Eddie Bier eingeflößt habe?«

Das waren die richtigen Worte. Hätte Mama Eddies Bierrausch nicht mehr erwähnt, wäre Florentine schnurstracks, ohne etwas mit ihr zu reden, weiter mit Eddie Gassi gegangen und hätte sie stehen lassen. Denn dieses Einschleimen mit einer Torte und so tun, als ob nichts gewesen wäre, das kannte Florentine seit ihrer Kindheit.

»Ist schon okay«, sagte sie und schaute Eddie weiter beim Schnüffeln zu.

»Und wie geht es dir jetzt?«

Was sollte sie auf Mamas Frage antworten? Ich bin immer noch sauer? Blödsinn. Eigentlich war ja alles gut. Sie war aus dem Krankenhaus entlassen, ihr Kopf tat nur noch ab und zu weh, und Eddie hatte seinen Magen gereinigt. »Ich habe Hunger«, sagte sie schließlich. Sie hatte weder im Krankenhaus noch zu Hause etwas gegessen. Kein Frühstück, kein Mittagessen.

»Super!«, sagte Mama. »Gehst du gerade Gassi oder kommst du vom Gassigehen?«

Florentine schaute auf Eddie, der zwischen den Mülltonnen schnüffelte. Er schien fertig gepinkelt zu haben. Ohne zu antworten, zog sie Eddie Richtung Haustür.

Mama folgte ihr.

Aber was sollte dieses wortkarge Herumgeeiere? Kindisch. Sie würde es eh nicht lange durchhalten. Und ein Stück von Mamas Schwarzwälder Kirschtorte würde ihrem Magen sicher guttun.

Hinter der Eingangstür machte sich ein älterer Mann mit gebeugtem Rücken an seinem Briefkasten zu schaffen. Florentine hatte ihn bisher nur einmal gesehen, vor ein paar Wochen, als sie sich bei ihm vorgestellt hatte. Er wohnte unter ihr, im ersten Stock. An seinen Namen konnte sie sich jedoch nicht erinnern. Sie hatte sich noch nie die Namen ihrer Nachbarn merken können, obwohl sie an den Klingelschildern und an den Briefkästen klebten.

»Oh, wie geht es Ihnen? Ich habe gehört, was passiert ist. Sie sind sicher furchtbar erschrocken!« Die Stimme des Mannes war laut.

Florentine winkte ab. »So schlimm war es auch wieder nicht.« Anscheinend hatte sich ihre nächtliche Aktion im Haus herumgesprochen.

»Sie ist auf den Hinterkopf gefallen«, mischte sich ihre Mutter ein.

»Aber alles gut.« Missbilligend gab Florentine ihrer Mutter einen kleinen Stups in die Seite.

»Haben Sie denn gestern Abend etwas bemerkt? Ein merkwürdiges Geräusch oder vielleicht jemanden, der Ihnen hier noch nie begegnet ist?«

Was sollte das denn jetzt? Warum stellte Mama ihm solche Fragen?

Aber der Mann schien sich nicht zu wundern. »Leider nein. Obwohl ich lange wach lag. Ich konnte nicht schlafen.« Er deutete auf sein linkes Ohr. »Zudem trage ich Hörgeräte. Die mache ich natürlich immer raus, wenn ich ins Bett gehe.« Jetzt endlich hatte es geklappt. Der Briefkastenschlüssel steckte im Schloss. »Aber ich lege meine Hörgeräte auch beim Lesen ab. Damit es in meinem Kopf völlig still ist. So kann ich mich am besten auf die Geschichte konzentrieren. Gestern habe ich mir wieder einmal Tolstoi vorgenommen, *Anna Karenina*. Kennen Sie diesen wunderbaren Roman?« Er sah Florentine mit wachen blauen Augen an.

Sie schüttelte unmerklich den Kopf. Sie hatte es nicht so mit den Klassikern. »Ich habe den Film gesehen?«, fiel ihr ein.

Der Mann winkte ab. »Sie müssen lesen, Kindchen. Das ist eine völlig andere Qualität.« Er griff in seinen geöffneten Briefkasten. »Wieder nichts«, murmelte er vor sich hin. »Früher habe ich mehr Post bekommen.« Zu Mama gewandt sagte er: »Nein, ich habe leider überhaupt nichts mitbekommen. Nicht einmal den Krankenwagen oder die Polizei.« Er runzelte die Stirn, als würde er sich über sich selbst ärgern. »Frau Wagner, neben mir, hat mir heute früh alles erzählt. Sie hat gesehen, wie Frau Habermann im Krankenwagen abtransportiert wurde. Aber so schlimm kann es ja nicht gewesen sein. Wie ich gehört habe, ist sie ja schon wieder zu Hause.« Er schloss den Briefkasten ab und drehte sich zum Gehen um. »Vielleicht besuche ich sie und bringe ihr was Schönes zu lesen. Lesen fördert die Gesundheit und bildet den Charakter. Aber ...«, er stockte, »nein, lieber nicht.«

»Warum denn nicht?«, frage Mama, »Frau Habermann würde sich doch sicher darüber freuen.«

»Nein, nein. Das ist keine gute Idee. Bei manchen Menschen nützt sogar gute Literatur nichts.« Er lächelte Florentine an, trat einen Schritt zur Seite und deutete mit einer Handbewegung und einer kleinen Verbeugung an, dass sie vor ihm die Treppe nach oben gehen konnten. »Bitte schön. Sie sind sicher schneller als ich.«

»Was ist denn mit dieser Frau Habermann?« Mama ließ nicht locker, und Florentine gab ihr durch einen finsteren Blick zu verstehen, dass sie endlich aufhören sollte, zu fragen.

Doch der alte Mann beabsichtigte wohl nicht, Mama zu antworten. Er grüßte freundlich und sagte nur: »Noch einen schönen Tag, die Damen.«

10

Sylvia

ZUERST WEIGERTE SICH FLORENTINE strikt, Frau Habermann zu besuchen.

»Was willst du denn bei ihr?«, fragte sie schon zum zweiten Mal und schaute Sylvia kopfschüttelnd an.

»Ich will wissen, was gestern Nacht passiert ist.« Mit einem kurzen Blick auf ihr locker fallendes T-Shirt, hinter dem sich seit ein paar Jahren ein kleines Bäuchlein für immer etabliert hatte, legte Sylvia die Kuchengabel auf ihren leeren Teller. Nein, sie würde kein zweites Tortenstück essen.

»Und warum?«

»Vielleicht, weil ich mir Sorgen mache.«

»Um Frau Habermann?«

Sylvia seufzte. »Auch wenn du schon über vierzig Jahre alt bist, bist du meine Tochter. Und Mütter machen sich nun mal Sorgen um ihre Töchter.«

»Aha.« Florentine kniff die Lippen zusammen.

Meine Güte. Warum stellte sie sich so an? Drei Mal hatte sie sich bereits bei Florentine wegen Eddie entschuldigt. Jetzt musste es aber wirklich gut sein.

»Kann es sein, dass du einfach neugierig bist, Mama?«, fragte Florentine, schob sich das letzte Tortenstückchen in den Mund und leckte sich die Lippen.

Na ja, wenigstens schmeckte ihr die Torte. Sie hatte schon ihr zweites Stück intus. Vertragen konnte sie es ja. Florentine war genauso schlank, wie sie selbst es früher einmal gewesen war. »Interessiert. So würde ich es ausdrücken. Und dann könntest du ja ein paar Erfahrungen sammeln.«

»Erfahrungen?«

»Für deinen Krimi. Vergessen? Du wolltest einen Krimi schreiben.«

Florentine putzte sich den Mund an der Serviette ab.

Sylvia stand auf. »Kommst du jetzt mit? Oder ich gehe alleine.«

Florentine hatte ihr schon erzählt, dass Frau Habermann dick war. Aber so dick! Sylvia musste sich beherrschen, nicht ständig auf die Halswülste und die nackten Oberarme zu starren, die vom Umfang her an ihre eigenen Oberschenkel erinnerten. Obwohl es hier drinnen sicher unter zwanzig Grad hatte, trug Frau Habermann ein ärmelloses, sackähnliches Kleid. Ihre unbestrumpften Füße steckten in beigen Schlupfsandalen, die zu schmal für ihren breiten Spann waren. Frau Habermann hatte in ihrem Wohnzimmersessel Platz genommen. Florentine und sie saßen ihr gegenüber auf einem schwarzen Kunstledersofa. Sie hielten sich an ihren Wassergläsern fest, Frau Habermann umklammerte die Kuchengabel und war bereits in kürzester Zeit bei ihrem zweiten Tortenstück angekommen. Unglaublich, es gab wirklich keinerlei Übergang zwischen Brust und Bauch. Sylvia überlegte. Wäre diese Frau nicht eine wunderbare Figur für Florentines nächsten Roman? Aber dann konzentrierte sie sich. »Wirklich schrecklich, was Sie gestern

Abend erleben mussten.« Sie machte ein besorgtes Gesicht, und Frau Habermann seufzte.

»Ich wollte nur meine Sechzig-Grad-Wäsche in die Trommel geben und hatte gerade das Weichspülmittel eingefüllt. ich nehme immer Weichspülmittel, als das Licht ausging.« Während sie kaute, stach sie ein weiteres Tortenstück ab. Sie schluckte. »Ich war so was von erschrocken, und dann ein Schlag, und weg war ich.«

»Und Sie haben niemanden gesehen?« Sylvia nippte an ihrem Wasserglas und stellte es auf dem Wohnzimmertisch ab.

»Das ist viel zu schnell gegangen. Ich habe Gott sei Dank vorher noch die Weichspülflasche zugeschraubt und auf der Waschmaschine abgestellt, sonst wäre die ganze Flüssigkeit über mich gelaufen. Stellen Sie sich das vor: Zuerst ein Schlag auf den Kopf und dann die giftige Flüssigkeit über mich drüber. Ich sage Ihnen, das war ein Mordanschlag!«

Sylvia bemerkte, wie Florentine fasziniert auf Frau Habermanns Mund starrte, in dem ein Tortenstückchen nach dem anderen verschwand.

»Ein Mordanschlag!« Sylvia versuchte, entsetzt zu klingen. »Wer könnte denn so etwas Schreckliches tun?«

Katja Habermann stieß ihre Schlupfsandalen von den Füßen und rieb sich die Waden. Sie seufzte tief auf. Dann stellte sie ihren leeren Kuchenteller auf den Beistelltisch. »Lecker war das! Das belebt meinen müden Körper.«

Sylvia schaute sie aufmunternd an.

»Keine Ahnung, wer das gewesen sein könnte.«

»Gibt es denn jemanden, der Sie hier im Haus nicht mag?« Das hatte Florentine gefragt.

Sylvia stupste sie leicht mit dem Fuß an.

Frau Habermann schien entrüstet zu sein. »Aber nein, wie kommen Sie denn da drauf? Ich habe keine Feinde, wenn Sie das meinen.«

»Meine Tochter wollte eher fragen, ob es vielleicht irgendwann einmal Animositäten zwischen Ihnen und einem Nachbarn oder einer Nachbarin gegeben hat. Das kommt ja zwischen den besten Freunden mal vor.« Sylvia lächelte ihr falschestes Lächeln.

»Nein, ich komme mit allen Eigentümern gut aus. Und das seit zwanzig Jahren.«

»Ja, und in einer solch schönen Lage. Direkt am Neckar. Mit Blick auf Pappeln und das Wasser. Und dann die Enten und Schwäne.«

»Ja, nicht wahr? Ich habe ein Fernglas und beobachte sie oft …«

»Es gibt aber nicht nur Eigentümer«, unterbrach Florentine. »Ich miete meine Wohnung.«

»Natürlich, Mieter sind hier auch. Aber es gab nie Streit.«

»Warum glauben Sie dann, dass es ein Mordanschlag war?«

Sylvia schüttelte kaum merklich den Kopf. Ihre Tochter verstand nicht, dass man zu solchen Menschen nur scheißfreundlich sein konnte.

»Hier läuft überall Gesindel herum! Es muss doch niemand aus unseren beiden Mehrfamilienhäusern gewesen sein.« Frau Habermann versuchte vergeblich, das verrutschte Kleid über ihre fußballgroßen Knie zu ziehen. »Überall Rumänen und Bulgaren. Die wohnen in den alten, heruntergekommenen Stadthäusern. Jede Nacht Radau, hat mir eine Bekannte vor Kurzem erzählt. Zudem treiben sich hier Asylanten und vor allem Penner herum, die sich weigern, nachts in ihren zugewiesenen Zimmern zu schlafen. Ich könnte Ihnen da ...«

Sylvia beobachtete, wie Florentine mit gerunzelter Stirn auf Frau Habermanns geöffneten Mund starrte, aus dem sie ihren geballten Hass auf Nichtdeutsche herausbellte. Sie wusste genau, noch ein paar Sekunden, dann würde Florentine sich nicht mehr beherrschen können und irgendetwas sagen, was Frau Habermann verstummen ließe. Das musste sie verhindern. Sie warf Florentine einen scharfen Blick zu, und es wirkte. Florentine blieb still. Aber auch sie selbst musste sich zusammenreißen. Da saß sie, Sylvia Sommerfeld, die seit Anfang an Mitglied der *Mindringer Grünen* war. Sie, die bei jeder Friedensdemo mitgemacht und letztes Jahr Probleme mit der Polizei gehabt hatte, weil sie in Stuttgart bei einer Sitzdemo gegen die Asylpolitik der Bundesregierung demonstriert hatte. Und sie hörte sich diesen geballten Mist an. Sylvia schluckte. »Nein, man weiß natürlich nicht, wer sich nachts draußen herumtreibt«, sagte sie. »Meine Tochter ist allerdings keiner dubiosen Gestalt begegnet.«

Frau Habermann blickte in Florentines Augen. Sie schien sich an etwas zu erinnern. »Ach, ich habe mich noch gar nicht bei Ihnen bedankt. Sie haben mich schließlich gerettet. Wer weiß, wann ich sonst gefunden worden wäre.« Sie streckte Florentine die fleischige Hand entgegen.

Sie nahm sie zögerlich. »Bitte schön«, murmelte sie. Dann fügte sie etwas lauter hinzu: »Eigentlich hat Eddie Sie ja gefunden.«

»Eddie?«

»Mein Hund.«

70

Sylvia bemerkte ein paar Falten auf Frau Habermanns Stirn. Es schien so, als ob die Dame Hunde nicht sonderlich mochte.

Auf Florentines Gesicht erschien ein leichtes Grinsen. Sie sagte: »Ja, Eddie ist um Sie herumgerannt, hat Sie beschnüffelt und Ihnen schließlich übers Gesicht geleckt und …«

Frau Habermanns vom Vertilgen der beiden Schwarzwälder Tortenstücke gerötetes Gesicht wurde dunkelrot.

»Eigentlich sollten Sie sich bei Eddie bedanken. Er mag gerne Rinderknochen oder …«, mit einem Blick auf Frau Habermanns Gesicht fügte sie hinzu: »Schweineohren liebt er auch sehr.«

Frau Habermanns Mund stand offen.

Sylvia schaute ihre Tochter anerkennend an. Das hätte sie nicht besser formulieren können. Aber damit war ihr Gespräch mit der Dame endgültig beendet. »So, dann wollen wir Sie nicht länger stören und hoffen, dass es Ihnen bald wieder besser geht«, sagte sie und erhob sich vom Sofa.

Florentine tat es ihr gleich.

»Und …, dass der Täter oder die Täterin bald gefunden wird.«

»Wie kommen Sie denn auf eine Täterin?«

»Wie kommen Sie denn auf einen Täter?« Sylvia schaute ihr Gegenüber fragend an.

»Nur Männer können so etwas Fieses tun?«, sagte Katja Habermann und hievte sich vom Sofa hoch.

11

Pia

ENTTÄUSCHT LIESS PIA DEN Telefonhörer sinken und starrte aus dem Fenster des Polizeireviers. Sie hatte es geahnt. Tommie hatte die Prüfung vermasselt. Schon wieder.

»Es tut mir so leid!«

Sie hatte sein liebes Gesicht mit den ungewöhnlich feinen Lippen, die sie so gerne küsste, genau vor sich gesehen, als er es ausgesprochen hatte: zerknirscht, müde und voller Selbstzweifel. Er hatte sich solche Mühe gegeben, hatte nächtelang gelernt und versucht, sich den Wust an Themen in den Kopf zu hämmern. Aber hatte sie sich wirklich eingebildet, dass ein studierter Philosoph sich so etwas Profanes wie Versicherungsthemen aneignen könnte?

»Ich hab noch eine Chance, Pia. Nächste Woche wird die Prüfung wiederholt. Ein Kollege, der gerade bestanden hat, hat mir angeboten, alle Themen noch mal mit mir durchzugehen. Er hat ja noch keinen Job und ...« Pia hatte nur mit halbem Ohr zugehört. Sie hatte nur verstanden, dass er eine weitere Woche wegbleiben würde.

»Ich schaff das, bestimmt!«

Sie hatte es sich verkniffen zu fragen: »Und wenn nicht?« Diese Frage brauchte sie ja auch nicht zu stellen, denn sie konnte sie sich selbst beantworten. Dann würden sie weiter so herumknapsen wie jetzt. Drei Kinder, ein Verdienst. Polizistin in mittlerem Dienst, ein arbeitsloser Doktor der Philosophie. Eine Doppelhaushälfte zur Miete, die zu teuer war für ihr Einkommen. Ein alter VW-Kombi, der bald den Geist aufgeben würde. An Urlaub war nicht zu denken, geschweige denn an ein Seidenkleid für sie ... Sie hatte nach einer kurzen Verabschiedung aufgelegt.

Pia schmiss das Handy auf den Tisch und drückte mit der Schuhspitze gegen den Schreibtischfuß. Der Tisch rutschte mit einem Ruck nach vorn, der Laptop schwankte. Pia griff danach, konnte ihn gerade noch fassen ...

»Alles okay?« Alex, ihr junger Kollege, war zur Tür hereingekommen. Er zog seine Schreibtischschublade auf und holte eine Cola-Dose heraus. »Mann, hab ich nen Durst. So furchtbar warm in der Uniform.« Er hängte die Dienstjacke über die Stuhllehne, öffnete die Dose mit einem Knacken, setzte an und trank sie in einem Zug leer.

Kurz war Pia versucht, Alex darauf hinzuweisen, dass Cola nicht gesund war und seinem jetzt schon etwas aus der Form geratenen Körper sicher nicht zuträglich. Aber sie verkniff sich die fiese Bemerkung. Sie mochte ihren Kollegen. Er war immer gut drauf. Warum sollte er ihren Frust abgekommen? Alex schien nicht auf eine Antwort von ihr zu warten, sondern griff nach einem Zettel auf seinem Schreibtisch, las kurz und sagte: »Der Chef hat vorhin angerufen. Er fragt, wie weit du mit der Sachbeschädigung gekommen bist. Du weißt, die Frau, die auf dem Rathaus arbeitet.«

Pia rollte die Augen. »Sie hat sich vor einer halben Stunde noch mal gemeldet. Heute Morgen hat sie entdeckt, dass der Mercedesstern von ihrem Daimler abgerissen worden ist. Sie hat also auf jeder Seite ihrer A-Klasse Kratzer im Lack, der linke Spiegel ist ab, und jetzt fehlt auch noch der heilige Stern.«

Alex grinste. »Das geht ja gar nicht, im gelobten Mercedesland.«

»Nein, das geht gar nicht.« Pia lächelte und ruckte den Schreibtisch sachte wieder zu sich heran.

»Hat die Frau einen Verdacht?«

Sie schüttelte den Kopf. »Beim ersten Kratzer dachte sie, es wäre ein Dummejungenstreich. Seit dem Spiegel aber ist sie sich sicher, dass es jemand auf sie abgesehen hat.«

»Warum stellt sie denn ihr Heiligsblechle nicht in die Garage?«

»Die wird gerade umgebaut.«

»Hä? Warum baut man denn eine Garage um? Bekommt sie einen neuen Anstrich?«

Pia schüttelte den Kopf. »Du wirst es nicht glauben, aber die Garage wird erweitert. Sie lässt eine *dog wash station* einbauen, damit sie den Hund nach dem Gassigehen die Füßchen waschen kann und er keinen Schmutz ins Haus trägt.«

»Echt jetzt?« Alex lachte. »Meine Mutter hätte das mit der Gießkanne erledigt.« Er warf die leere Cola-Dose in den Papierkorb. Als er Pias Blick bemerkte, seufzte er gespielt, holte die Dose wieder heraus, stand auf und schmiss sie in Richtung Küchenzeile. »Getroffen.« Alex grinste, und Pia sah, dass die Dose im richtigen Wertstoffbehälter gelandet war. »Tja, dann hoffe ich, dass du den Täter bald findest. Die Dame scheint ja zu der Handvoll Topreichen von Mindringen zu gehören. Muss ich sie kennen?« Alex war gerade vor ein paar Wochen aus der Nähe von Ulm als frischgebackener Streifenpolizist an ihre Dienststelle berufen worden, um einen älteren Kollegen, der in den Ruhestand gegangen war, zu ersetzen.

Pia schüttelte den Kopf. »Nein, sie nicht. Aber ihren Mann. Er ist Vorstand bei Geller, unserem größten Arbeitgeber. Und unser lieber Chef ist ein Golfkollege von ihrem Mann, einem Herrn Klausner.«

»Alles klar. Wie geht's dem Chef eigentlich?«

Pia zuckte die Schultern. »Noch eine Woche Kur, soweit ich weiß. Dann müsste er wieder hier sein. Und so lange habe ich das Sagen.« Sie grinste. »Und deshalb, mein Lieber, hab ich jetzt einen Spezialauftrag für dich.« Während ihres Geplänkels hatte sie ständig hin und her überlegt, was sie mit Paulchen machen sollte. Ihre Mutter war mit ihrem Lover im Allgäu. Tommie kam nicht, wie ursprünglich verabredet, heute Abend zurück und würde sogar noch eine ganze Woche weg sein. Und Flo konnte sie nicht bitten, die schien ihr nicht fit zu sein, deshalb ...

Alex hob den Kopf.

»Könntest du meinen Kleinen von der Kita abholen und hier auf ihn aufpassen, bis ich wieder da bin? Ich muss zu Frau Klausner. Sie besteht darauf, dass ich zu ihr nach Hause komme, um die Sachbeschädigung aufzunehmen. Und der Dame darf man ja nichts abschlagen.« Sie schaute Alex in die Augen. »Ich hab keine andere Betreuung für den Kleinen.«

»Ich ...?« Pia hatte Alex noch nie so verlegen gesehen.

»Ehrlich, ich kann's nicht mit Kindern.«

»Ich sag nur schnell den Erziehern Bescheid, dass gleich

ein junger, netter Polizist in Uniform vorbeikommen wird, um Paulchen abzuholen. Das schaffst du.« Pia lächelte ihrem Kollegen aufmunternd zu. Emma war bei einer Freundin, Leon spielte im Sportverein Fußball, die beiden waren versorgt. Aber Paulchen ... Was für ein Mist mit Tommie! Wie sollte sie die nächsten Tage ohne seine Hilfe überstehen? Pia stand auf, tippte auf ihr Handy und schob es Alex unter die Nase. »Das ist Paulchen. Damit du mir nicht das falsche Kind abholst.«

Sein Blick fiel kurz auf das Foto. »Kann das nicht Bernd machen? Der hat Kinder. Der kann das sicher besser als ich.«

Pia schüttelte den Kopf. »Bernd hat einen Einsatz im Drogeriemarkt. Ein Mädchen hat Kosmetikartikel geklaut.« Sie schnappte die Autoschlüssel für das Dienstfahrzeug, zog ihre Uniformjacke über und rief Alex im Gehen über die Schulter zu: »Ich ruf die Kita unterwegs an, dass du kommst. Es ist die Kita in der Falkenstraße, die am Neckar. Spielzeug ist in meiner linken unteren Schreibtischschublade. Paulchen malt gerne, und er spielt am liebsten mit Autos. Danke dir!« Und schon war sie draußen.

Recht war ihr das nicht. Aber was sollte sie machen? Sie schloss den Dienstwagen auf und fuhr los. Eigentlich hatte sie heute Abend mit Tommie feiern wollen. Sie hatte sogar beim Weinhändler am Marktplatz seinen Lieblingswein gekauft, einen Vino Nobile di Montepulciano. Schweineteuer. Vielleicht sollte sie ihn später alleine trinken. Es würde eh nichts mehr werden mit der Prüfung. Pia seufzte. Was für ein gefundenes Fressen für ihren Vater. Papa konnte Tommie noch nie leiden. »Zu verkopft und gleichzeitig kindisch«, war seine Meinung. Zu leugnen war das nicht. Doch genau das war es, was Pia an ihrem Mann liebte. Tommie konnte stunden-, ja tagelang über einem Problem grübeln, und genauso konnte er sich wie ein Kind über die kleinsten Dinge freuen. Deshalb kam er auch so gut mit den Kindern zurecht, obwohl er nicht der Vater der Zwillinge war. Sie lenkte den Mercedes über die Neckarbrücke, schwenkte nach links, vorbei am Hallenbad, kurz danach blinkte sie und fuhr die Steigung an die hundert Meter hinauf. Hier, auf dem Gallusberg, hatten sich die Fabrikbesitzer Mindringens und ein paar wenige Topverdiener, die in der Landeshauptstadt ihr Geld mit IT machten, ihre ausladenden Villen bauen lassen. Mit einem unverbaubaren Blick auf die Schwäbische Alb. Und im Vordergrund auf den imposanten Turm der Stadtkirche und die an einer Hand abzuzählenden herausgeputzten Fachwerkhäuser der Altstadt, die im Mittelalter nicht abgebrannt waren. Sie parkte den Wagen an der Straße und klingelte an einem überhohen Metallzaun, der sogar Pia mit ihren über 1,80 Meter weit überragte.

Annegret Klausner erwartete sie und deutete gleich bei der Begrüßung auf ihre Apple Watch. »Sie kommen spät. Ich hab nur kurz Zeit, Frau ... Wie war noch mal Ihr Name?«

»Lindner.«

»Frau Lindner, und eigentlich habe ich Ihnen ja bereits alles am Telefon erzählt. Aber ...« Pia runzelte die Stirn. Frau Klausner war es doch gewesen, die sie gebeten hatte, zu ihr nach Hause zu kommen. Diese redete ununterbrochen weiter, während sie Pia in ein großes, mit zahlreichen Teppichen bestücktes Wohnzimmer führte. Nach einem kurzen Blick auf Pias grobe Halbschuhe ging Frau Klausner weiter in die Küche und bat sie, am Tisch Platz zu nehmen.

Pia ging wie zuvor am Telefon die Details noch einmal mit Frau Klausner durch. Sie machte sich Notizen, stellte Fragen und merkte, wie ihr Gegenüber immer nervöser auf die Uhr schaute.

»Tut mir leid, aber ich habe einen Termin.«

»Nur noch kurz: Wer könnte Ihnen denn Schaden zufügen wollen?«

»Ich habe keine Ahnung.«

»Gibt es in Ihrem Bekanntenkreis Menschen, mit denen Sie Streit haben?«

Energisch schüttelte Frau Klausner ihre exakt geschnittenen schulterlangen blonden Haare. »Ich habe keine Feinde, wenn Sie das meinen.« Ihre Stimme klang spitz.

»Könnte es vielleicht etwas mit ihrem Beruf zu tun haben? Sie arbeiten doch bei der Stadtverwaltung im Bereich Soziales. Gibt es da Personen, die sich ...«, Pia stockte, »... benachteiligt vorkommen könnten? Sie müssen doch sicher ab und an Entscheidungen treffen, die nicht jeder gutheißt.«

»Natürlich muss ich das. Aber ist das ein Grund, meinen Wagen zu beschädigen?«

»Das weiß ich nicht, aber es könnte sein. Sie möchten sicher, dass wir den Täter oder die Täterin finden. Ich brauche Ihre Mithilfe. Sie sagten ja, dass Sie niemanden beobachtet haben, der sich an ihrem Fahrzeug zu schaffen gemacht hat.«

»Ich habe keine Zeit, hier am Fenster zu stehen und die Straße auszuspionieren.«

»Diese Zeit haben wir leider auch nicht, Frau Klausner.«

Pia versuchte, freundlich zu bleiben. »Aber ich werde noch einmal bei Ihren Nachbarn klingeln und sie befragen. Das habe ich ja bereits getan, aber ...«

»Bitte, machen Sie Ihren Job. Ich mache den meinen. Ich muss jetzt zu einer Pressekonferenz. Die *Mindringer Tafel* schließt. Ich werde dazu befragt. Auch die Lokalnachrichten wollen darüber berichten.«

»Haben Sie die Schließung veranlasst?«

»Genau. Aber ich habe jetzt wirklich keine Zeit mehr.« Sie stand auf, brachte die beiden vollen Wassergläser, die sie vorhin auf den Küchentisch gestellt hatte, zur Spüle und gab Pia unmissverständlich zu verstehen, dass es Zeit wäre, zu gehen.

Pia griff ihre Aufzeichnungen.

»Und Sie berichten mir von den Ergebnissen Ihrer Nachforschungen«, sagte Frau Klausner. »Ich erwarte, dass der Täter oder die Täterin schnellstmöglich gefasst wird. Schließlich kann es doch nicht sein, dass man in dieser Stadt nicht einmal mehr seinen Wagen auf der Straße parken kann.«

An der Haustür drehte sich Pia um. »Wo ist denn eigentlich Ihr Hund?«

»Mein Hund? Ich habe keinen Hund.«

»Sie sagten doch, Sie würden Ihre Garage wegen dem Hund umbauen lassen.«

»Das ist der Hund meines Mannes. Unsere Putzfrau hat ihn heute bei sich. Ich konnte sein Gekläffe nicht mehr ertragen. Migräne. Sonst noch eine Frage?«

»Nein. Das war's. Schönen Tag«, sagte Pia, drehte sich um und atmete tief durch.

12

Florentine

MAMA WAR WIEDER WEG, und Florentines Kopfschmerzen waren wie weggeblasen. Die Schwarzwälder Kirschtorte war lecker gewesen, und fürs Abendessen stand ein weiteres Riesentortenstück im Kühlschrank. Perfekt! Florentine liebte es, zu jeder Tag- und Nachtzeit Torte essen. Gott sei Dank blieb sie schlank, egal was sie zu sich nahm. Die Sonne schien, ihr kleiner Eddie schlief in seinem Bettchen neben ihrem Schreibtisch, und sie würde es sich jetzt auf ihrem Balkon gemütlich machen.

Florentine ging die wenigen Schritte durch ihr immer noch unvollständig möbliertes Wohn-Arbeitszimmer, nahm Block und Stift und setzte sich auf ihr kurz nach dem Einzug gekauftes Zweisitzer-Außensofa. Wenigstens hier auf dem Balkon hatte sie ein Sofa stehen. Exklusiv, zur Liege ausziehbar, mit dicken hellgrauen Polstern. Bequem und furchtbar teuer. Aber vor einem Monat hatte sie nicht geahnt, dass ihr sonst regelmäßig eintreffender Verlagsvorschuss diesmal ausbleiben würde. Und deshalb musste sie jetzt handeln. Schreiben – und das bereits am Nachmittag. Oder sich wenigstens Notizen machen. Sie stellte den frisch eingeschenkten Holunderblütensaft auf den Holzhocker neben dem Sofa ab und legte den Block auf ihre Oberschenkel.

Mit Mama hatte sie vorhin zusammen Ideen gesponnen. Eine Tote in der Waschküche. Warum bringt jemand Frau Habermann, die natürlich einen anderen Namen bekommen würde, um? »Habermann« – Florentine kringelte den Namen ein und schrieb: Hass auf Ausländer und auf Männer. Sie könnte beispielsweise von einem Obdachlosen oder von einem Rumänen umgebracht werden. Frau Habermann hat ihren Hass im Netz verbreitet, und sie wird entdeckt. Quatsch. Das hatten Mama und sie vorhin schon verworfen. Florentine hatte in Frau Habermanns Wohnung nicht mal einen PC gesehen. Da stand weder ein Schreibtisch noch ein Laptop, nur ein übergroßer Fernseher zierte die Wand, und Massen zerlesener Arztromane lagen verteilt auf dem Wohnzimmertisch. Frau Habermann war Frührentnerin, wie sie vorhin erzählt hatte, lebte allein und hatte früher bei der Post gearbeitet. Florentine spitzte die Lippen und überlegte. Hass auf Ausländer und Männer, und sie wird nicht auf der Straße umgebracht, sondern in einem Mehrfamilienhaus. Es muss also jemand sein, der sie beobachtet hat, der weiß, dass sie regelmäßig abends in die Waschküche geht. Durch die Oberlichter ist die Waschküche einsehbar. Sie wäscht spätabends, weil sie niemanden sehen will. Warum das? Florentine überlegte kurz, dann grinste sie. Weil sie wegen ihrer Körperfülle immer gehänselt wird. Vielleicht nicht verbal, aber mit Blicken. Florentine tippte mit dem Stift auf ihr Papier. Nein, Blödsinn. Ihr Ex-Mann ermordet sie. Weil? Weil sie ihm das Leben schwer macht. Er muss Unterhalt an sie zahlen, denn sie bekommt wenig Frührente. Und sie verlangt immer mehr Geld von ihm, weil er aufgestiegen ist. Oder, und darauf war Mama gekommen: Sie ruft ihren Ex-Mann nachts regelmäßig an, tyrannisiert ihn und beschimpft dessen neue Frau. Er hält das nicht mehr aus, schlägt sie nieder. Sie stirbt unbeabsichtigt, denn er wollte ihr nur eins auswischen. Tod aus Versehen.

Florentine trank einen Schluck Saft und streckte die Beine in die Sonne, die hinter der Hauswand auftauchte und auf ihren kleinen Balkon schien. Langsam machte ihr die Geschichte Spaß. Vielleicht war es gar nicht so schwer, einen Krimi zu schreiben. Sie stand auf, schnappte sich den Laptop vom Schreibtisch und setzte sich so bequem wie möglich wieder auf das Balkonsofa. Als Rückenstütze ein weiches Kissen, die Beine legte sie auf einen Küchenstuhl, den sie vorhin mit nach draußen genommen hatte. Der Laptop lag auf den Oberschenkeln. Es konnte losgehen.

Mit geübten Fingern schrieb sie ihre ersten Ideen auf eine leere Seite. Ihr fielen immer wieder neue Mordmotive und Szenarien ein. Eines besser als das andere. Florentine lachte laut auf, als sie von einem durchdringenden Klingeln an der Wohnungstür unterbrochen wurde. Sie stellte den Laptop auf den Balkonboden und schwang die Beine vom Stuhl. Das anhaltende Dingdong schmerzte in ihrem Kopf. Wer klingelte denn so penetrant? Mama konnte es nicht sein, sie war gerade erst gegangen. Und Pia würde nie so klingeln. Ein Nachbar oder eine Nachbarin? War etwas passiert? Sie lief durchs Wohnzimmer Richtung Flur. Jetzt hämmerte jemand mit der Hand an die Tür und rief lautstark »Hallo!« Eine hohe Frauenstimme. »Machen Sie auf.« Eddie war aufgewacht und stand bereits vor Florentine an der Tür. Sein Schwanz wedelte wild. Er freute sich immer, wenn Besuch kam.

»Zurück, Eddie!«, sagte Florentine und schob ihren Kleinen sanft zur Seite. Sie öffnete die Tür. Vor ihr stand Frau Habermann. In der Hand einen schwarzen Beutel, der an der Unterseite etwas gerundet war. Sie schwang ihn bedrohlich vor Florentines Nase herum. Frau Habermanns Gesicht war hochrot.

»Wie können Sie es wagen?«, rief die aufgebrachte Frau und schmiss den Beutel vor Florentines Füße.

Eddie trat einen Schritt nach vorne, schnüffelte und leckte schließlich aufgeregt an dem Beutel.

Florentine zog ihn weg. »Was soll das denn?« War diese Frau bei Verstand?

»Hundekacke! In meinem Briefkasten!«

»Ja und?«, fragte Florentine. »Was habe ich damit zu tun?«

»In unseren beiden Häusern gibt es nur einen Hund.«

Florentine stutzte, schaute die wütende Frau an und sagte: »Und in der ganzen Stadt gibt es sicher tausend Hunde.« Sie hob den Beutel am obersten Zipfel hoch und schnupperte kurz daran. Ein ekelerregender Geruch stieg ihr in die Nase. »Das ist nicht Eddies Kot! Zudem benütze ich rote Beutel«, sagte sie und drückte der verdutzten Frau Habermann das Säckchen mit dem wabbelnden Inhalt wieder in die Hand.

Die ließ es erschrocken los und schrie: »Ich werde Sie anzeigen! Was für eine Unverschämtheit!«

Florentine runzelte die Stirn. Wie kam diese penetrante Frau auf die Idee, dass sie es war, die ihr den Hundehaufen in den Briefkasten gestopft hatte?

»Wahrscheinlich waren Sie es, die mir einen Schlag auf den Hinterkopf gegeben haben. Und jetzt tun Sie so, als wären Sie die Heldin, die mich gerettet hat. Sie Lügnerin!«

Frau Habermann kreischte mit ihrer spitzen, grellen Stimme durch das Treppenhaus, dass es Florentine langsam peinlich wurde.

»Hier!« Frau Habermann trat auf den Beutel. Sie trampelte darauf herum und zerquetschte ihn mit ihren groben Sommersandalen, bis die stinkende Pampe an den Seiten herausquoll. »Hier, hier, hier und noch mal hier!«

Sprachlos beobachtete Florentine die Frau, die voller Wut auf dem Geschmiere herumrutschte und nun vergeblich versuchte, ihre verschmutzte Sandale auf den Steinplatten zu reinigen.

Die Tür neben ihr öffnete sich, und ihr Nachbar trat einen Schritt auf Frau Habermann zu. Mit verstrubbelten schwarz gelockten Haaren und einem etwas zerknautschten Gesicht sagte er: »Sind Sie noch ganz bei Trost? Was schreien Sie hier herum und wecken andere Leute auf? Und warum machen Sie meine Nachbarin an? Verschwinden Sie!« Und mit einem Blick auf den Boden: »Und nehmen Sie Ihre Kacke mit!«

»Sie ... Sie haben mir überhaupt nichts zu sagen. Ich bin niedergeschlagen worden. Mir hat man Hundekacke in den Briefkasten gelegt. Ich bin hier das Opfer!« Frau Habermann zog ein Papiertaschentuch aus der Seitentasche ihres Hängekleides und versuchte, sich zu ihren Sandalen hinunterzubeugen. Doch der Bauch war im Weg.

Florentine schaute ihren Nachbarn über den gebeugten Rücken von Frau Habermann an. Sie bemerkte ein leichtes Grinsen auf seinem Gesicht.

»Und außerdem«, jetzt hatte sich Frau Habermann mithilfe des Geländers wieder aufgerichtet, »was schlafen Sie auch mitten am Tag? Sie sind doch noch jung. Warum arbeiten Sie nicht?«

Ihr Nachbar atmete tief aus, schaute Frau Habermann durch seine runde Brille an und sagte in einem sachlichen Ton: »Seien Sie froh, dass Ihnen nicht mehr passiert ist. Sie wissen genau, warum Sie hier niemand ausstehen kann.«

13

Sylvia

Weit war Sylvia nicht gekommen. Nachdem sie sich vorhin von Florentine verabschiedet hatte, war sie einer jüngeren Frau im Treppenhaus begegnet. Einer Frau August aus dem Erdgeschoss. Sylvia hatte sie gleich angesprochen und nach dem gestrigen Abend gefragt. Aber die Frau war heute Morgen erst aus dem Urlaub zurückgekommen und hatte deshalb überhaupt nichts vom Überfall auf Frau Habermann mitbekommen. Und eben hatte Sylvia sich mit einer jungen Frau mit Baby unterhalten, die auf der Bank des kleinen Spielplatzes saß, der zu den beiden Mehrfamilienhäusern gehörte. Aber auch bei ihr war Fehlanzeige. Gar nicht so einfach, so eine Ermittlung, dachte Sylvia, verabschiedete sich von der Mutter und deren süßem kleinen Mädchen und drehte sich zum Gehen um.

Von hinten bemerkte sie eine Frau, die ihr bekannt vorkam. Diese Figur und die ausladende Armbewegung beim Gehen. Das war doch ... »Doro?« Das gab es doch nicht! Sie lief der molligen Frau, die ein dunkles, weites Leinenkleid trug, nach. Die angesprochene Grauhaarige drehte sich um. »Sylvie? Das ist ja eine Überraschung. Was machst du denn hier?«

»Ich ermittle.« Sylvia grinste.

»Aha. In welchem Fall? Du hast ja schon immer gerne Krimis gelesen, aber ...«

»Meine Tochter ist gestern überfallen ... nein«, Sylvia winkte ab, »eine Nachbarin von ihr ist überfallen worden.«

Dorothea Singer stellte ihren prall gefüllten Rolli neben sich ab.

»Wohnt deine Tochter hier? Wie heißt sie noch mal? Gundula?«

»Nein, Gundi lebt mit ihrem Mann in Berlin. Aber Florentine ist vor einem Monat hier eingezogen.« Sylvia deutete hinter sich, auf die gardinenlosen Fenster im zweiten Stock. »Ich hab doch zwei Töchter. Flo ist die Ältere.«

»Dann ist das wohl die nette Frau mit dem kleinen Hund, die ich in letzter Zeit öfter gesehen habe. Ich wohne nämlich im anderen Haus.« Doro zeigte auf das beige angestrichene, dreistöckige Mehrfamilienhaus, in dem auch Frau Habermann wohnte. »Ihren Nachnamen hat Florentine allerdings nicht gesagt. Sonst hätte ich vielleicht vermutet, dass sie deine Tochter ist. Oder heißt sie anders?«

Sylvia schüttelte den Kopf. »Nein, sie heißt immer noch Florentine Sommerfeld. Leider.«

»Wieso leider?«

»Ich dachte, sie heiratet einen netten Schweden. Schließlich hat sie ja zehn Jahre dort gelebt. Da hätte sich schon etwas ergeben können. Ein groß gewachsener Schwede, drei blonde Kinder, und ich könnte jeden Sommer Urlaub in einem rot-weißen Schwedenhäuschen am See machen und meine Enkel betüddeln.«

»Wie kitschig.«

Sylvia lachte auf. »Stimmt. Aber irgendwie auch nett.

Meine Kinder haben mich bisher leider nicht mit Enkeln beglückt. Ich hätte schon Lust darauf. Vielleicht wäre ich auch eine bessere Oma als Mutter. Aber nein, Flo ist Schriftstellerin. Sie schreibt Romane.«

»Dieses Faible hat sie sicher von dir. Du konntest doch auch immer super schreiben.« Jetzt war es Doro, die lachte. »Ich kann mich noch gut an deine tollen Plakattexte erinnern, wenn wir demonstrieren gingen. Einmal hast du doch sogar den Schülern einen Slogan geliefert. Wie hieß der noch?« Doro schien zu überlegen. Dann sagte sie: »,Warum für die Zukunft lernen, wenn ihr sie uns zerstört?'«

»Ja, und das hat unserem lieben Rektor, Dr. Fink, damals überhaupt nicht gefallen. Aber ich habe es ja unbeschadet bis zur Pensionierung vor drei Jahren geschafft.«

»Sag mal, hast du Lust auf einen Tee oder was Kühles? Ich wohne dort oben, unterm Dach. Aufzug gibt's in unserem 80er-Jahre-Bau leider keinen.« Doro grinste.

»Du wirst es nicht glauben, aber ich bin immer noch ganz gut zu Fuß.« Sylvia grinste zurück und überlegte. Eigentlich hatte sie keine Lust, sich schon wieder in eine Wohnung zu setzen. Die Sonne strahlte, sie könnten doch in einen Biergarten gehen oder ein Eis essen. »Sag mal, warst du nicht früher Stammgast in der Eisdiele am Neckargraben?«

»War ich. Aber schau, wohin das geführt hat.« Doro klopfte belustigt auf ihre runden Hüften. Einen kurzen Moment zögerte sie. Dann sagte sie: »Eisdiele. Das ist eine gute Idee! Ich bringe nur rasch meine Einkäufe nach oben, dann kann's losgehen.«

Sylvia deutete auf ihre Tortenbox. »Ich gehe zum Auto. Treffpunkt hier, in zehn Minuten?«

Wie schön! Ihre frühere Kollegin Dorothea Singer, ehemals Geschichts- und Sozialkundelehrerin. Sylvia hatte sie völlig aus den Augen verloren, als sich Doro vor fünf Jahren wegen der Krankheit ihres Mannes vorzeitig in den Ruhestand versetzen ließ. Einen Schlaganfall hatte ihr Rudi bekommen, und Doro hatte ihn zu Hause gepflegt, zwei Jahre lang. Bei Rudis Beerdigung hatte Sylvia sie zum letzten Mal gesehen. Dann war Doro abgetaucht und hatte nichts mehr von sich hören lassen. Aber auch Sylvia hatte sich nicht mehr gemeldet. Sie löffelte die Sahne von ihrem Eiskaffee.

»Weißt du, nach Rudis Tod habe ich es in unserem Kaff nicht mehr ausgehalten. Rimmlingen besteht ja nur aus einem Kirchturm, fünf Wohnhäusern, ein paar Bauernhöfen und zwei ehemals bewirtschafteten Kneipen. Und dann ich, allein zwischen all den Kühen, Schweinen, überdüngten Wiesen und dem Spalierobst vom Apfelbauern Walz. Ich habe unser Haus verkauft und bin zu meiner Tochter und ihrer Familie nach München gezogen. Aber ...«, Doro schüttelte den Kopf. »Großstadt, das ist nichts für mich. Also hab ich mir hier vor einem halben Jahr die Dachgeschosswohnung gekauft, in der Hoffnung, dass ich noch lange gut zu Fuß sein werde.«

Doro nahm den Eisbecher entgegen, den ihr die junge Bedienung brachte. Sie aß zuerst die Himbeeren, dann schob sie ein gehäuftes Löffelchen Vanilleeis in den Mund und seufzte genüsslich. »Ginos Eis ist einfach das Beste hier in Mindringen. Und man bekommt immer noch ein Schirmchen zum Eis, wie früher.« Doro drehte es verzückt zwischen den Fingern. Dann winkte sie Gino, der gerade ein kleines Mädchen an der Außentheke bediente, zu. Sylvia sah, wie er zurückwinkte und lächelnd mit dem Kopf nickte.

Doro wandte sich wieder ihr zu. »Rudi war auch so eine Naschkatze. Wir waren oft hier und haben Vanilleeis mit Schirmchen gegessen.« Sie lächelte vor sich hin.

»Vermisst du ihn sehr?«

Doro nickte. »Aber jetzt ist es drei Jahre her, und ich habe mich daran gewöhnt, besser gesagt, daran gewöhnen müssen.«

»Das muss doch schrecklich sein, so allein. Warum hast du dich denn nicht bei mir gemeldet, als du hierhergezogen bist?« Sylvia schaute ihre Bekannte an. Sie hatten sich gut verstanden. Früher als Kolleginnen hatten sie sich gemeinsam dafür eingesetzt, dass die Schüler der oberen Klassen endlich Laptops bekommen sollten. Sie waren zwar gescheitert, aber …

»Ich weiß auch nicht«, unterbrach Doro sie in ihren Gedanken. »Ich wollte mich erst akklimatisieren. Und dann arbeite ich jetzt ehrenamtlich, mache Gesprächsrunden für sozial Benachteiligte, bin in der Nachbarschaftshilfe tätig, statte Besuche im Altersheim ab. Solche Dinge. Und die Zeit vergeht so schnell. Weißt du ja selbst.«

Sylvia nickte. »Aber schön, dass wir uns getroffen haben. Dann können wir ja mal zusammen ausgehen. Ins Kino oder ins Theater. Joe ist dafür nicht so zu haben.« Vor ein paar Tagen erst hatte sie ihn gefragt, ob er mit ihr in die neueste Verfilmung von Rita Falks Allgäu-Krimis gehen würde. Aber er hatte wieder etwas von seinem Oldtimermotor gemurmelt und war dann den ganzen Abend verschwunden. Eigentlich mochte Joe das Kino. Sie hatten sich früher fast jeden Monat einen Film im Stadtkino angeschaut. Aber in diesem Jahr wollte er nicht mal einen Urlaub mit ihr planen. Irgendetwas stimmte nicht mit ihm. Sie würde ihn heute Abend darauf ansprechen.

»Oder wir könnten mal wieder demonstrieren.« Doro lachte auf.

Sylvia schüttelte den Kopf. »War ich schon seit einem Jahr nicht mehr«, sagte sie. Sie sog ihren Eiskaffee durch den Strohhalm. »Irgendwie bringt das nichts. Oder? Haben wir denn etwas erreicht?« Sie schaute ihre alte Bekannte an.

Doro schien zu überlegen. »Gorleben wird nicht als Endlager benutzt. Haben sie vor Kurzem beschlossen.«

»Stimmt«, sagte Sylvia. »Aber jetzt suchen sie einen anderen Standort. Hast du damals auch demonstriert?«

Doro nickte. »Klar. Aber ich bin schon lange der Überzeugung, dass das ganze Demonstrieren nichts nützt.«

»Was nützt denn dann etwas?«, fragte Sylvia und schlürfte den letzten Rest Eiskaffee, dass es schmatzte. Sie drehte ihren Stuhl ein wenig nach rechts. Die Sonne schien ihr direkt ins Gesicht, sodass sie die Hand vor die Augen halten musste.

»Vielleicht meine Gesprächsrunden«, sagte Doro und leckte ihren Löffel ab. »Ich rede mit Menschen, denen es nicht gut geht.«

»Und hilft es?«, fragte Sylvia.

Doro lächelte »Die Welt ist nicht gut.« Sie stand auf und öffnete den gelben Sonnenschirm, der neben ihrem Tisch stand.

»Danke!« Wie rücksichtsvoll von Doro. Sylvia drückte kurz ihre Hand.

»Liebst du deshalb Krimis, weil sie alle gut ausgehen? Weil das Böse immer besiegt wird?« Doro setzte sich wieder.

Sylvia überlegte. Eine gute Frage. Bisher dachte sie, sie würde Krimis lesen, weil sie so aufregend waren, weil sie mitfiebern konnte und vielleicht auch, weil sie sich manchmal mit dem Täter identifizierte. Dieser Ripley war ja nicht nur gewieft, er war auch in gewisser Weise faszinierend. »Vielleicht.« Sie zuckte die Schultern. »Apropos Krimi. Du wohnst doch im selben Haus wie diese Frau Habermann, die gestern Nacht niedergeschlagen wurde. Kennst du sie?«

»Vom Grüßen im Treppenhaus, mehr nicht.« Doro kramte in ihrer Handtasche nach einem Taschentuch. Sie schnäuzte sich.

»Und du hast gestern Nacht nichts bemerkt?«

Doro schüttelte den Kopf. »Ich gehe früh schlafen. Hab das *heute journal* geschaut. Gegen halb elf Uhr war ich dann im Bett.« Sie winkte der jungen Bedienung, die am Nebentisch kassierte.

»Sagen Sie, früher gab es hier doch Aschenbecher. Darf man denn nicht mehr rauchen?«

Sylvia schaute sie verwundert an. Seit wann rauchte Doro?

»Doch natürlich. Entschuldigung.« Die braun gebrannte junge Frau mit einer tätowierten Sonne auf dem Oberarm war Sylvia vorhin schon bekannt vorgekommen. Sie überlegte. War das nicht die kleine Tina, die sie in der fünften oder sechsten Klasse in Deutsch gehabt hatte? Das musste mindestens zehn Jahre her sein.

»Bitteschön, Frau …« Tina stellte Doro den Aschenbecher auf den Tisch. »Singer«, sagte sie schließlich und lächelte Doro mit einer Reihe schneeweißer Zähne an. Und zu Sylvia gewandt meinte sie. »Und Sie waren vor Jahren meine Deutschlehrerin. Ich komme gerade nur nicht auf Ihren Namen.«

»Sommerfeld.«

»Natürlich. Ich studiere übrigens Germanistik, auf Lehramt. Hier helfe ich im Sommer nur aus. Gino ist mein Onkel.« Sie drehte sich kurz um, und Sylvia sah, wie Gino seine Nichte zu sich winkte.

Tina entschuldigte sich. Als sie zurückkam, sagte sie: »Mein Onkel möchte Sie beide gerne einladen. Möchten Sie vielleicht einen Cappuccino oder einen Espresso?«

»Oh, das ist aber nett. Gerne einen Espresso. Und du?« Sylvia wandte sich an Doro.

»Einen Cappuccino.« Doro lächelte und winkte Gino zu. Tina eilte davon.

»Kennst du ihn näher?«

»Wen?«

»Gino.«

Doro schüttelte den Kopf. Schließlich meinte sie: »Ich kannte ihn einmal näher. Ist lange her. Das war vor Rudi.« Sie zog eine Zigarillo aus der Schachtel, und Sylvia schaute sie erstaunt an.

»Aha. Und seit wann rauchst du?«

Doro lachte. »Schon lange. Aber ich habe nie in der Schule geraucht. Ich wäre ja ein schlechtes Vorbild gewesen. Rauchen, das passt nicht so recht für eine Klimaaktivistin, oder?«

Sylvia war verwirrt. Zuerst Gino, dann das Rauchen. Aber eigentlich wollte sie Doro nach den Geschehnissen von gestern Nacht fragen. Irgendjemand musste doch etwas mitbekommen haben. »Also, wie war das gestern Abend noch mal. Du bist ins Bett gegangen, und dann …?«

»Ich bin von den Sirenen des Krankenwagens wachgeworden, und später ist ja auch noch die Polizei gekommen. Aber das war ja wohl alles halb so wild.«

»Na ja, es ist ja nicht gerade schön, wenn man in der Waschküche niedergeschlagen wird.«

»Nein, sicher nicht. Florentine hat es dabei ja auch erwischt. Wie geht es ihr eigentlich?«

Sylvia schaute in Doros Sonnenbrille, hinter der ihre Augen kaum sichtbar waren. »Sie tut dir nicht leid.«

»Wer? Florentine? Doch, natürlich.«

»Frau Habermann.«

Doro schien zu überlegen. Dann sog sie an ihrer Zigarillo und blies den Rauch lange aus.

14

Pia

»MAMA, WO IST OMA eigentlich?«, fragte Emma.

»Sie ist für ein paar Tage weggefahren.«

»Mit Opa? Vertragen sie sich wieder?«

Pia schüttelte den Kopf und setzte Paulchen in seinen Hochstuhl an den Esstisch.

»Mit wem dann?«

»Oma hat einen Freund.«

»Echt jetzt? Cool.« Emma holte Messer aus dem Besteckkasten und legte sie neben die Teller.

»Kennst du den Mann?«

»Ich hab ihn nur einmal kurz gesehen. Er scheint nett zu sein.«

»Und was wird jetzt aus dem Sommerfest? Oma wollte uns Geld dafür geben.« Emma setzte ihren nettesten Blick auf und schaute Pia erwartungsvoll an.

»Mal schauen. Das ist ja erst am Wochenende. Es sind ja noch ein paar Tage bis dahin.«

»Mama. Bitte!«

Pia versuchte Emmas flehenden Ton zu ignorieren, den sie schon als Kleinkind gekonnt eingesetzt hatte.

»Kicki hat ein neues Glitzershirt bekommen. Weil ihre Mama wegmusste.«

»Aha. Was hat denn das Glitzershirt damit zu tun, dass sie wegmusste? Und wohin musste sie denn?« Emma war Meisterin darin, das Thema zu wechseln. Kicki war seit diesem Schuljahr eine von Emmas besten Freundinnen. Pia holte die Butter und verschiedene vegetarische Pasten aus dem Kühlschrank und stellte alles auf den Küchentisch. Sie band Paulchen den Latz um und setzte sich auf den Platz neben seinen Kinderstuhl.

Emma rutschte auf die Küchenbank und griff nach einer Maultasche.

»Ihh, die ist ja kalt.«

»Tut mir leid, aber ich hatte keine Zeit mehr für geschmälzte Maultaschen.« Pia schaute ihre Tochter schuldbewusst an.

Emma legte die Maultasche wieder auf den Teller zurück und griff nach einem Brot. »Kicki muss in irgendein Heim. Sie hat gesagt, ihre Mutter trinkt zu viel Wein.«

Leon schnaufte in die Küche, in der Hand hielt er einen Korb mit Saftflaschen.

»Ja, in ein Alkiheim.« Er grinste.

»Das heißt Entziehungsheim.« Pia schaute ihren Sohn missbilligend an. »Manchmal gibt es Gründe, warum Menschen zu viel trinken.«

»Stell dir vor, Tommie würde trinken.« Emma hatte sich an Leon gewandt, »weil er seine Prüfung nicht schafft.«

»Die schafft er bestimmt, nicht wahr, Mama?« Leon setzte sich zu ihnen an den Esstisch.

Pia zögerte. »Bestimmt«, sagte sie, aber es klang nicht überzeugend.

»Wie lange bleibt Kicki denn im Heim?«, fragte Pia.

»Weiß nicht.« Emma zuckte die Schultern. »Wenn ihre

Mama gesund ist, kommt sie wieder zurück. Hoffentlich bald.« Emma nahm die vegetarischen Leberwurst, roch daran und strich sich ihr Brot. »Krieg ich auch ein Glitzershirt, wenn Tommie ins Alkiheim muss?« Emma grinste sie an.

Pia seufzte. Sie schob Paulchens Stuhl näher an den Küchentisch und stellte ihm einen Plastikteller mit einem geschnittenen Butterbrot vor die Brust.

Paulchen griff zu, stopfte sich zwei Schnittchen gleichzeitig in den Mund und lächelte Pia mit seinen wenigen Zähnchen an.

Müde wischte sich Pia über die Augen. Was für ein Tag! Seit heute Morgen war sie ununterbrochen entweder mit dem Fall Habermann oder Klausner beschäftigt gewesen. Und all ihre Bemühungen, Informationen aus den Nachbarn und Nachbarinnen der beiden Geschädigten herauszubekommen, hatten nicht gefruchtet. Keiner wollte etwas gesehen oder gehört haben. Als ob sie alle die Augen und Ohren verschließen würden. Zudem blieb, seitdem ihr Chef nicht da war, der ganze Papierkram an ihr hängen. Erst um halb sieben war sie aus dem Polizeibüro gekommen. Sie war nur froh, dass Alex und Paulchen sich so gut verstanden hatten. Als sie von der Befragung Frau Klausners zurückgekommen war, hatten Alex und Paulchen zusammen auf dem Boden gesessen und mit Autos gespielt.

»Ich würde nicht in ein Entziehungsheim gehen, sondern mich verstecken«, unterbrach Leon sie in ihren Gedanken und schenkte sich Apfelsaftschorle ein. »Irgendwo im Wald. Dann könnten die mich nicht holen.«

»Kickis Mama wird nicht geholt. Sie geht sicher freiwillig. Sie will ja wieder gesund werden.« Pia griff nach einer

Scheibe Roggenbrot und bestrich sie mit Currypaste. Sie biss ein Stück ab, aber sie hatte überhaupt keinen Hunger.

Gegen zehn Uhr, als die Zwillinge schliefen und Paulchen endlich die Augen zugemacht hatte, rief Pia Tommie an und erzählte ihm von ihrem Tag. Schon nach wenigen Sätzen bemerkte sie, dass er mit seinen Gedanken völlig woanders war. Immer wieder unterbrach er sie und kam auf seine Versicherungsthemen zu sprechen, die er langsam verstehen würde, und sagte erfreut, dass er sie bald finanziell unterstützen könne.

Pia fiel auf, dass er beim Reden ständig stockte. Sie hörte Gläserklirren. »Sag mal, trinkst du?«, unterbrach sie ihn.

»Ein kleiner Whiskey, zur Abrundung des Tages. Schau, ich muss mir so viel in den Kopf hämmern, das geht mit Alkohol besser.«

»Du musst gar nichts. Komm nach Hause und hilf mir hier. Mir wächst alles über den Kopf. Ich arbeite den ganzen Tag, hab Fälle, die ich nicht lösen kann, dann die Kinder …«

»Du willst doch ein neues Auto, oder?«

Pia hörte, wie er schluckte und den Rest seines Whiskeys hinunterkippte.

»Und wie oft liegst du mir in den Ohren, dass du in Urlaub fahren willst, endlich mal in ein Hotel und nicht auf den Campingplatz.«

»Aber das stimmt doch gar nicht!« Pia wurde sauer. Wenn es nach ihr ginge, könnte er diesen ganzen Versicherungsmist sein lassen.

»Noch beim Verabschieden hast du gesagt, wie sehr du dich darauf freust, mal in einem Viersternehotel zu übernachten, die Sauna und Wellness zu genießen und dich verwöhnen zu lassen ...«

»Natürlich würde ich mich gerne verwöhnen lassen. Einfach mal ausspannen, ein Tag nur für mich. Kein Chef, der ständig fragt, wie weit ich mit den Fällen bin; einmal durchschlafen und nichts organisieren. Ich hatte heute niemanden für Paulchen, musste meinen Kollegen bitten ...«

»Tut mir leid, dass dein Mann so ein Versager ist.«

Pia hörte, dass er sich sein Glas von Neuem einschenkte. »Was redest du denn da?«

»Ich weiß. Ein arbeitsloser Doktor der Philosophie ist nicht gerade ein Vorzeigemann.«

»Ich brauche keinen Vorzeigemann!« Sie hörte Tommie trinken. »Tommie?«

Er antwortete nicht.

»Ich bin einfach nur kaputt. Meine Mutter ist nicht da. Sie macht mit ihrem neuen Lover Urlaub im Allgäu.«

»Deine Mutter hat auch ein Recht auf ihr Leben.«

»Klar, aber ...«

»Pia, ich bin müde. Morgen muss ich wieder fit sein. Ich muss lernen, sonst schaffe ich die Prüfung nie. Wir reden ein andermal. Okay?«

»Aber ...«

Tommie hatte aufgelegt.

15

Florentine

FLORENTINES GEDANKEN KREISTEN. SIE saß an ihrem Schreibtisch, schaute aus dem Fenster auf den Balkon und die dahinter im Dämmerlicht auftauchenden hohen Pappeln, die das Neckarufer umsäumten. Die Balkontür stand offen. Es war eine laue Julinacht, so wie sie es mochte.

Eine einzige Seite hatte sie bisher zustande gebracht, aber der Text gefiel ihr nicht. Er passte nicht zu einem Krimi. Sollte man bei einer Kriminalstory nicht immer mit der Tat beginnen? Oder zumindest mit der Entdeckung der Leiche? Sie liebte lange Beschreibungen, das Heranzoomen der Gegend und der Hauptfigur, die langsame Annäherung an eine Frau auf dem Weg zu ihrem Glück – oder erst mal Unglück. Aber wie sollte sie hier einsteigen? Da gab es eine Waschküche und eine Leiche. Sollte sie den einsamen Fuß- und Fahrradweg am Neckar schildern? Ein Mann schleicht sich den spärlich beleuchteten Weg entlang, erhascht einen Blick in die Oberlichter der Waschküche. Er beobachtet die unförmige Frau, die Mühe hat, die Wäsche in die Waschmaschine zu geben. Florentine lachte auf, als sie sich Frau Habermann vorstellte, und überflog noch einmal den Text. Sie schüttelte den Kopf über den Mist, den sie zu Papier gebracht hatte, und strich Eddie, der zu ihren Füßen lag, über den Kopf.

»So wird das nichts«, sagte sie zu ihm, rutschte vorsichtig, um Eddie nicht zu stören, mit dem Schreibtischstuhl zurück und stand auf. Ihr Kleiner öffnete die Augen. »Schlaf weiter«, sagte sie und ging in die Küche. Sie schnappte sich das übrig gebliebene Tortenstück von Mamas Besuch am Nachmittag und eine Kuchengabel, setzte sich auf ihr Balkonsofa und aß genüsslich. Eddie war ihr nachgelaufen. Er ringelte sich neben ihr auf den Steinplatten zu einer Kugel zusammen, tat einen tiefen Atemzug und schlief weiter.

Sie seufzte zufrieden. Mamas Schwarzwälder war unübertroffen. Florentine lehnte sich zurück und überlegte. Ihr Nachbar Matthias, oder besser Mattis, so hatte er sich noch mal vorgestellt, als Frau Habermann wutschnaubend abgezogen war, hatte ihr erzählt, warum diese Frau bei so vielen Leute in den beiden Wohnhäusern unbeliebt war.

»Hast du kurz Zeit?«, hatte er sie gefragt. Sie hatte genickt, war ihm in seine genau gleich geschnittene Wohnung und in die kleine Küche gefolgt, und er hatte auf einen der beiden Stühle gedeutet.

Sie schnappte den hohen Stapel mit den Zeitschriften, der darauf thronte, legte ihn kurzerhand auf den Holzfußboden und setzte sich.

Mattis schaute in den roten Kühlschrank. »Ein alkoholfreies Bier?«

Sie nickte.

Er öffnete die beiden Flaschen und stellte sie auf den Küchentisch. Dann schnappte er sich Eimer, Lappen und Handschuhe aus einem Putzschrank und befüllte den Eimer am Spülbecken mit Wasser. »Ich putze die Kacke kurz weg. Das stinkt ja bestialisch.«

Wieder erschien ein Grinsen auf seinem Gesicht, und Florentine fiel ein kleines Grübchen an der rechten Wange auf.

»Bin gleich wieder da.«

»Das musst du nicht.« Sie stand auf. Mattis hatte doch gar nichts mit Frau Habermann zu tun. Es war doch ihre Aufgabe ...

»Lass mal.« Er winkte ab, und schon war er draußen.

Florentine schaute sich um. Gemütlich hatte er es hier. Eine weiß-graue Küche, Holzregale, auf denen buntes Geschirr stand. Basilikum, Thymian und andere Küchenkräuter verschönten das Fensterbrett. Anscheinend kochte Mattis gerne. Ihr Blick fiel auf die Zeitschriften am Boden. *Musik international.* Sie bückte sich nach der zuoberst liegenden Zeitschrift und setzte sich wieder. Florentine blätterte und las, bis Mattis nach einiger Zeit zurückkam.

»Ich hab den Beutel gleich unten in einen der Mülleimer geworfen. Hoffentlich stinke ich jetzt nicht.« Er lachte, verzog sich ins Badezimmer, kam kurz danach zurück und setzte sich zu ihr. »Prost«, sagte er, »auf Frau Habermann.«

Und dann erzählte er ihr über diese Frau, die einem der Miteigentümer seit einiger Zeit das Leben schwer machte. »Dir ist sicher schon die Rampe am anderen Mehrfamilienhaus aufgefallen.«

Florentine nickte.

»In der Erdgeschosswohnung lebt ein Mann namens Adam. Er sitzt im Rollstuhl. Kennst du ihn?«

Florentine schüttelte den Kopf. »Vielleicht vom Sehen. Was ist mit ihm und Frau Habermann?«

»Herr Adam hat eine Rampe bauen lassen, damit er

unabhängig ist und alleine in seine Wohnung fahren kann, ohne auf fremde Hilfe angewiesen zu sein.«

»Ja und?«

»Frau Habermann prozessiert gegen ihn.«

»Wie?« Florentine verstand nichts. »Warum das denn?«

»Weil diese Rampe unästhetisch wäre und den Eingang verschandeln würde. Dabei haben die Eigentümer mit Mehrheitsbeschluss für den Bau gestimmt. Aber kurz nach dem Beschluss kam die Klage von Frau Habermann. Herr Adam ließ die Rampe trotzdem bauen, er hat auch alles allein finanziert, und genau das war wahrscheinlich sein Fehler.« Mattis trank einen Schluck und roch an seinen Händen. »Riecht irgendwie immer noch.« Er wusch sich die Hände am Spülbecken und setzte sich wieder.

»Ich verstehe das nicht.« Florentine beobachtete amüsiert, wie Mattis seine Hände wieder und wieder an seiner Jeans abrieb.

»Hätte er die Rampe nicht selbst bezahlt, sondern wie es, keine Ahnung, irgendein Wohnungseigentumsgesetz vorschreibt, wären die Kosten auf alle Mieter umgelegt worden, dann wäre der Bau jetzt nicht anfechtbar.«

»Das ist doch pervers.« Florentine nippte an ihrer Flasche. Irgendwie schmeckte ihr Bier mit Alkohol besser.

»Das ist es.«

»Und seitdem ist Frau Habermann bei den anderen Mitbewohnern untendurch?«

»Sicher nicht bei allen. Soweit ich weiß, gibt es noch ein Ehepaar, das Frau Habermanns Meinung teilt. Auf alle Fälle ist die Stimmung in unserem Nachbarhaus ganz schön aufgeheizt.«

»Und du meinst, jemand, der dort wohnt, könnte Frau Habermann in der Waschküche überfallen haben?«

Mattis zuckte mit den Schultern. »Könnte sein, aber ich kenne die Leute nicht so gut. Hab das alles nur durch Herrn Moor mitbekommen, den alten Herrn, der einen Stock tiefer wohnt.«

»Ah, der mit dem Hörgerät, der so gerne liest.«

»Genau der. Herr Moor wohnt schon ewig hier und kennt alle. Aber jetzt, tut mir wirklich leid, muss ich dich rauswerfen. Ich muss arbeiten.«

»Was arbeitest du denn?«, fragte Florentine und stand auf.

»Ich bin Musiker. Ich spiele Saxophon und muss üben. Hab heute Abend einen Auftritt.«

»Ich hab hier noch nie ein Saxophon gehört.«

»Nein, kannst du auch nicht. Das Zimmer nebenan ist schalldicht. Ich glaube, sonst hätte ich auch eine Klage am Hals.« Mattis lachte.

Er hatte sie zur Tür begleitet. »Schön, dass wir uns ein wenig kennengelernt haben. Zu was Kacke gut sein kann.« Sein Grübchen hatte sich wieder gezeigt, als er die Tür langsam hinter ihr schloss.

Florentine hatte ihr Tortenstück aufgegessen. Sie stellte den Teller auf die Ablage am Sofa und stand auf. Es fröstelte sie. Schnell schnappte sie sich die blaue Fleecejacke, die sie vorhin auf dem Sofa zurechtgelegt hatte und zog sie an. Nett, dieser Mattis. Sie lächelte und betrachtete Eddie, der immer noch eingerollt zu ihren Füßen schlief. Es gibt sicher nur wenige Männer, die beim ersten Treffen einen Hundehaufen wegputzen, der nicht für sie selbst bestimmt war.

16

Sylvia

SYLVIA SASS IN IHRER Hollywoodschaukel und bemühte sich, ihre Füße auf den Boden zu stellen, damit sie die Schaukel von Neuem anschubsen konnte. Aber ihre Beine waren zu kurz. Sie rutschte mit dem Po nach vorne. Jetzt berührten ihre Zehen den Boden. »Fehlkauf!«, schimpfte sie vor sich hin, »die bringe ich wieder zurück.« Sie starrte in die Dunkelheit. Heute war es völlig still. Außer ihr schien niemand in der Schrebergartenanlage zu sein. Ab und zu hörte sie das Flügelschlagen einer Krähe, die sich in den Bäumen ein Schlafplätzchen suchte, und manchmal sah sie eine Fahrradlampe auf dem schmalen Weg vor den Parzellen aufblitzen. Ansonsten war alles ruhig.

Nur in ihr war nichts ruhig. Sie war so wütend oder entsetzt oder ... Ach, sie wusste es selbst nicht.

Joe war heute Abend zuerst nicht nach Hause gekommen und hatte sich auch nicht bei ihr gemeldet. Um sieben Uhr hatte sie wie üblich den Abendbrottisch gedeckt. Sie aßen immer um diese Zeit. Seit Jahrzehnten. Aber Joe kam nicht und rief auch nicht an. Konnte er auch nicht, denn sein Handy lag auf der Küchenkonsole. Er hatte es vergessen, als er zu Johannes gegangen war, um an diesem blöden Oldtimer herumzuschrauben. Joe vergaß sein Handy meistens. Also hatte sie kurz entschlossen nach sieben zum Hörer gegriffen und bei Johannes angerufen. Evelyn, seine Frau, war drangegangen. Sie sagte, Johannes sei vor einer halben Stunde von der Werkstatt nach Hause gekommen und Joe nicht bei ihnen. Auch Johannes wusste nicht, wo er war.

»Keine Ahnung«, hatte er gesagt, als Evelyn ihm den Hörer übergeben hatte. »Soweit ich weiß, wollte er noch was in der Stadt besorgen und dann nach Hause gehen.«

»Was denn besorgen?«

»Ich weiß es nicht«, hatte Johannes noch mal betont, aber sie hatte ihm nicht geglaubt. Seine Stimme hatte anders geklungen als sonst. Irgendwie falsch. Und die Läden hatten doch schon längst geschlossen. Außer einem Supermarkt, der bis um acht Uhr offen hatte.

Zuerst war sie sauer gewesen. Aber als Joe auch in der nächsten halben Stunde nicht gekommen war, machte sie sich Sorgen. Wenn ihm etwas passiert wäre! Aber er war doch zu Fuß unterwegs, er konnte doch nicht in einen Unfall verwickelt sein. Doch auch Fußgänger konnten überfahren werden. Hatte sie in der letzten Stunde Sirenen der Polizei gehört? Sie erinnerte sich nicht. Nach der *tagesschau* tigerte sie im Wohnzimmer und auf dem Balkon umher. Hatte Joe unterwegs einen Freund oder Bekannten getroffen und war mit ihm einen trinken gegangen? Es war ja so ein lauer Abend heute. Und Joe kannte viele Leute hier in Mindringen. Viel mehr als sie, denn im Gegensatz zu ihr, die zwei Dörfer weiter Richtung Alb aufgewachsen war, hatte er schon seine Kindheit hier verbracht. Aber es war überhaupt nicht seine Art, in eine Kneipe zu gehen, ohne sie zu benachrichtigen.

Gegen neun Uhr war sie mit den Nerven völlig fertig

gewesen. Sie hatte versucht zu lesen, aber wieder mal hatte sie ihre Highsmith beiseitegelegt, sie hatte sich nicht konzentrieren können. Als Joe kurz vor zehn Uhr endlich aufgetaucht war, war sie, vor lauter Sorge und Wut auf ihn, so erschöpft und sauer wegen seiner lächerlichen Entschuldigung gewesen, dass sie ihr Fahrrad geschnappt hatte und in ihr Schrebergartenhäuschen gefahren war.

Sylvia schüttelte den Kopf über diese ungeheure Lüge ihres Mannes, nahm ihr leeres Saftglas, stand auf und ging in ihre Gartenhütte. Wie konnte er es wagen, sie anzulügen!

»Ich war mit Johannes noch einen trinken gewesen«, hatte er zu ihr gesagt. »War heute echt ne Herausforderung mit dem Oldie. Aber wir haben es hinbekommen. Bis um acht Uhr haben wir gearbeitet, und da dachten wir, gönnen wir uns noch nach getaner Arbeit ein, zwei Bierchen.«

»Aha. Wo wart ihr denn?«

»Im Biergarten, in der Steinstraße. War ja so ein schöner Abend.«

»Und Johannes hatte auch kein Handy dabeigehabt?«

»Tut mir leid, wir waren so vertieft in unser Thema. Wir haben beide nicht dran gedacht und ...«

Sie hatte kein Wort mehr zu Joe gesagt, sich umgedreht, Tasche und Jacke geschnappt, war aus der Wohnung gegangen und mit dem Fahrrad hierhergefahren. Seinen erstaunten Blick hatte sie in ihrem Rücken gespürt, aber sie hatte ihn völlig ignoriert.

Wo war Joe gewesen? Hatte er eine Freundin? In letzter Zeit hatte sie ab und an diese Vermutung gehegt. Er war so ungewöhnlich oft weg gewesen und hatte nie viel erzählt. »Technikkram«, hatte er immer nur gesagt, wenn sie nachfragte, und abgewunken. Eine andere Frau. Ihr Joe. Sie konnte und wollte es sich nicht vorstellen. Aber wo sonst hätte er gewesen sein können? Sie knipste das Licht an, spülte ihr Saftglas ab und stellte es zum Abtropfen auf die Ablage. Und wie konnte ihr intelligenter Mann nur solch eine dumme Lüge erzählen. Er hätte sich doch denken können, dass sie bei Johannes und Evelyn anrufen und nach ihm fragen würde. Sylvia wusste nicht, ob sie sich mehr über Joes Lüge oder über seine Dummheit aufregte. Ihr Blick fiel auf ihr Handy, das die ganze Zeit auf dem Tisch gelegen hatte. Zwei Mal hatte Joe bereits angerufen. Aber sie würde nicht zurückrufen.

Kurz vor elf Uhr. Sie musste mit jemandem reden, aber sie zögerte. Ihre Tochter war sicher die Letzte, die etwas von ihren Eheproblemen wissen wollte.

Gedankenübertragung. Ihr Handy blinkte auf.

»Hi Mama, ich hab heute was über Frau Habermann erfahren«, fiel Florentine mit der Tür ins Haus. Zuerst wollte Sylvia abwehren. Was ging sie diese Frau an? Jetzt, wo sie sich über Joe ärgerte. Aber Flo war so aufgeregt, erzählte ihr von der Hundekot-Attacke auf dem Flur und dem möglichen Tatmotiv für den Angriff auf Frau Habermann, sodass Sylvia wenigstens für ein paar Minuten ihre Probleme mit Joe vergaß. »Es könnte also jemand aus dem Haus gewesen sein, der den Zwist mit diesem Herrn Adam und Frau Habermann mitbekommen hatte.«

»Ja. Herr Adam selbst war es sicher nicht. Er sitzt im Rollstuhl und kann damit gar nicht in die Waschküche gelangen. Aber vielleicht hat er einen Verbündeten.«

»Von wem hast du das denn erfahren?«

»Von Mattis.«

»Mattis?«

»Meinem Nachbarn. Eigentlich heißt er Matthias.«

»Ist er nett?«

»Er ist Musiker.«

Sylvia schmunzelte. So war sie schon immer, ihre Große. Sie behielt ihre Gefühle für sich. Gundi, die Jüngere, war da völlig anders. Sie hatte ihre Mutter von Anfang an, seit sie vierzehn Jahre alt war, an all ihren Liebesdramen teilnehmen lassen. Jetzt war Gundi 37 Jahre alt, seit zwei Jahren verheiratet, und bisher hatte es Gott sei Dank kein Drama mit ihrem Luis gegeben.

»Ja, er ist nett«, kam es von Florentine. »Er hatte nur nicht so viel Zeit zum Reden, heute Abend hat er einen Auftritt. Er spielt Saxophon.«

Das waren ja schon viele Informationen. Sylvia lächelte in sich hinein. Dann konzentrierte sie sich wieder auf die Sache mit Frau Habermann. »Wir sollten mit diesem Herrn Adam reden. Gleich morgen.«

»Eigentlich wollte ich Pia informieren. Das ist doch ihre Sache.«

»Das ist auch deine Sache. Schließlich warst du beteiligt und bist eine Geschädigte. Zudem brauchst du Infos für deinen Krimi.«

Sylvia merkte, dass Florentines Redefluss stoppte. Zuerst kam nichts, dann sagte sie: »Ich gebe auf, Mama. Ich kann das nicht.«

»Warum?«

»Es macht mir keinen Spaß. Ich werde morgen beim *Mindringer Boten* anrufen und fragen, ob ich bei denen jobben kann. Hab ich doch früher schon mal gemacht, nach dem Abi.«

»Aber du bist doch Schriftstellerin.«

»Ja, aber ohne Einkünfte.«

»Hast du denn keine Reserven mehr? Deine Romane gingen doch gut.«

»Nein, hab ich nicht.«

»Aber wo ist denn das ganze Geld geblieben? Deinen Umzug hast du doch selbst organisiert. Der kann doch nicht so viel gekostet haben. Ein Auto hast du auch nicht.«

Und dann erzählte ihr Flo von Lars, der ihr fast 20.000 Euro schuldete. Und sie bekam eine solche Wut auf ihre Tochter, die so naiv war und in manchen Dingen so sehr ihrem Mann glich, dass sie Florentine anpfiff, wie eine Mutter ihre vierzigjährige Tochter niemals anpfeifen sollte. Sylvia war so wütend auf Joe und Flo, dass sie Worte verwendete, von denen »dumm« und »gutgläubig« die allerharmlosesten waren. Sie steigerte sich so hinein in ihr Geschimpfe und Gekeife, dass sie nicht einmal bemerkte, dass Flo längst aufgelegt hatte.

17

Pia

WAS FÜR EIN SCHRECKLICHER Freitagmorgen!

Eigentlich liebte Pia es, Polizistin zu sein. Sie liebte es, Dingen auf den Grund zu gehen, mit Menschen zu reden, sie zu befragen und ihnen zu helfen. Bereits früher in der Schule war sie gerne Streitschlichterin und viele Jahre lang Klassensprecherin gewesen, weil sie diplomatisch war, weil sie unterschiedliche Meinungen gelten lassen konnte und oft einen Kompromiss fand, wenn andere schon längst aufgegeben hatten. Aber jetzt? Sie hatte heute so was von genug, von ihrem Job als Polizistin und von ihrem Job als Mutter.

Sie musste aufpassen, dass sie nicht zu schnell fuhr. Noch eine letzte Kurve, dann wäre sie auf dem Parkplatz des Reutter-Gymnasiums angekommen. Hoffentlich würde das Gespräch mit der Rektorin nicht zu lange dauern.

Schon heute Morgen war das Chaos losgegangen. Emma hatte Leons Mathehausaufgabenheft verschlampt. Leon hatte es ihr wohl gestern zum Abschreiben geliehen, weil Emma die Aufgaben nicht verstanden hatte und sie, Pia, keine Zeit, sich gestern Abend auch noch damit zu befassen. Emma hatte nun mal eine Matheschwäche, und es war immer Tommie, der sich geduldig, wie er war, darum kümmerte. Normalerweise. Auf alle Fälle war heute Morgen Leons Heft verschwunden.

Emma suchte es verzweifelt in ihrem Zimmer, aber es tauchte nicht auf. Leon war ausgeflippt und auf seine Schwester losgegangen. Und Pia hatte Mühe gehabt, die Streithälse zu trennen. Als sie die beiden vorhin in ihrem alten Kombi in die Schule gefahren hatte, herrschte eisige Stille im Auto, nur Paulchen brabbelte fröhlich in seinem Kindersitz vor sich hin. Dann, sie war gerade auf der Dienststelle angekommen, kam ein Anruf von Frau Klausner. Gestern habe jemand die Luft aus ihrem Autoreifen gelassen. Nach der Pressekonferenz sei sie in die Rathaustiefgarage gegangen, und alle vier Reifen waren platt. Frau Klausner hatte getobt am Telefon, hatte sie beschuldigt, unfähig zu sein, ihren Job zu machen, und angekündigt, sich bei ihrem Chef zu beschweren. Danach, Pia hatte sich gerade einen Kaffee gebrüht, weil sie so müde war, hatte ihr Kollege sich bei ihr gemeldet und ihr mitgeteilt, dass er heute in der Früh beim Zahnarzt gewesen wäre, sein Backenzahn hätte getobt. Er wäre sofort operiert worden und deshalb für heute krankgeschrieben.

»Aber am Montag kommisch wieder. Versprochen. Nur, heute gehtsch nischt. Isch bin völlig fertig«, hatte Alex genuschelt, »isch vertrag doch keine Spritzen.« Bernd, der andere Kollege, musste wie immer Streife fahren. Sie war alleine in der Dienststelle. Danach hatte sich Florentine bei ihr gemeldet und ihr von dem Rollstuhlfahrer erzählt, mit dem Frau Habermann Krieg führte, und gerade eben war ein Anruf von der Schule der Zwillinge gekommen. Die Rektorin, Frau Zimmermann, hatte sich bei ihr gemeldet. Leon hätte einen Jungen geschlagen, sie solle sofort zu einem Gespräch vorbeikommen.

Pia atmete einmal tief durch und durchschritt die Glastür

des Gymnasiums. Frau Zimmermann hatte von einem ungewöhnlich aggressiven Verhalten Leons gesprochen, und Pia hoffte nur, dass sie übertrieben hatte. Die Dame neigte dazu, das hatte sie schon bei der Eröffnungsrede letzten September bemerkt, als die Zwillinge in die fünfte Klasse gekommen waren. Pia eilte in den ersten Stock. Frau Zimmermann, eine Frau in den Fünfzigern, in ein für die Kleinstadt ungewöhnlich perfekt sitzendes, elegantes graues Kostüm gekleidet, wartete hinter ihrem großen Schreibtisch auf sie. Pia blickte verstohlen an sich hinunter. Sie kam sich in ihrer Uniform völlig underdressed vor.

»Nehmen Sie doch bitte Platz, Frau Lindner«, bat die Rektorin, und Pia setzte sich auf den harten Holzstuhl, der sie sofort an ihre eigene Schulzeit erinnerte. Anscheinend hatte das Gymnasium sich in den über zwanzig Jahren seit ihrem Abi keine neuen Stühle für die Besucher leisten können.

»Wie ich ja vorhin bereits am Telefon sagte, hat Leon heute einen Jungen geschlagen. Auf dem Schulhof, gleich heute Morgen, noch vor dem Unterricht. Philipp fiel auf den Boden, blutete aus der Nase und ...«

»Warum hat mein Sohn diesen Philipp geschlagen?«

Frau Zimmermann räusperte sich. »Angeblich, weil Philipp einem Mädchen Geld abgenommen hat.«

»Aha.«

»Was aber bisher nicht bewiesen ist.«

»Was ist denn bisher bewiesen?«

»Es gibt nur eine Tatsache, und zwar die, dass Philipp geschädigt worden ist, durch ihren Sohn. Die Sache mit dem Geld hat Leon behauptet. Das betroffene Mädchen hat nichts dazu gesagt.«

»War denn meine Tochter nicht dabei? Emma, Leons Zwillingsschwester? Ich habe die beiden doch heute Morgen zusammen in die Schule gebracht.«

»Doch. Und natürlich hat sie ihren Bruder verteidigt.«

»Dann wäre es gut, wenn Sie herausfinden würden, ob Leon die Wahrheit gesagt hat«, sagte Pia und seufzte leise. Warum war diese Frau nicht in der Lage, das Problem selbst zu lösen?

»Wie gesagt, Maja, das Mädchen, macht den Mund nicht auf.«

»Vielleicht wurde sie schon öfter von diesem Philipp bedroht.«

»Es ist nicht in Ordnung, dass Leon einen anderen Jungen verletzt.«

»Es ist auch nicht in Ordnung, wenn Philipp einem Mädchen Geld abnimmt.« Pia versuchte vergeblich, eine bequemere Position auf dem Stuhl zu finden. »Wie heißt denn dieser Philipp mit Nachnamen?«

»Klausner.«

Pia stutzte. »Die Klausners, die oben auf dem Gallusberg wohnen?«

Die Rektorin nickte.

»Ich verstehe«, sagte Pia und atmete einmal tief durch. Wunderbar, das hatte ihr gerade noch gefehlt. Ihr Sohn hatte Frau Klausners Sohn angegriffen und ihm die Nase blutig geschlagen. »Haben Sie denn die Kinder einzeln befragt?«

»Natürlich, sofort nach dem Vorfall. Aber, wie gesagt, Philipp behauptet, er habe kein Geld verlangt. Leon behauptet das Gegenteil, und aus Maja ist nichts herauszubekommen.«

»Wo sind die drei jetzt?«

»In ihren Klassen, beziehungsweise Maja ist in Leons Parallelklasse, Leon ist in seiner Klasse und ...«

»Philipp?«

»Seine Mutter hat ihn abgeholt und wollte mit ihm zum Arzt. Vorsichtshalber.«

»Alles klar«, sagte Pia und stand auf.

Frau Zimmermann tat es ihr gleich. »Wahrscheinlich wird es ein Nachspiel geben ... müssen«, sagte sie und reichte Pia die Hand.

»Das werden wir sehen«, sagte Pia, zwang sich ein Lächeln ab und ging.

18

Florentine

»VON MIR AUS KÖNNEN Sie ... oder darf ich du sagen?«

Florentine nickte. »Klar.«

»... kannst du gleich anfangen.« Richard, der zuständige Redakteur des *Mindringer Boten*, lächelte ihr zu und trank einen Schluck von seinem Kaffee. »Wir sind chronisch unterbesetzt, und ich habe auch gleich einen Auftrag für dich.«

»Oh, das geht ja wirklich schnell.« Florentine schaute ihr Gegenüber an. Ein schmales Gesicht, graue Schläfen, etwas zu perfekte Zähne und äußerst charmant. Und genau das war es, was sie jetzt brauchte. Nach den Beschimpfungen durch ihre nervende Mutter gestern Nacht und dem vergeblichen Versuch heute Morgen, Lars in Schweden zu erreichen und ihn zu fragen, wann er endlich zahlen würde, war Richards Zuvorkommenheit genau das Richtige für sie. Florentine lächelte Richard an. »Ich kann gleich anfangen. Wo soll ich hin?« Vielleicht gab es in ihrer Kleinstadt doch so etwas wie Kultur, außer der Eröffnung des jährlichen Sommerfestes im Juli oder dem 150. Jahrestag des Kleintierzüchtervereins. Eine Ausstellung wäre schön oder ein Konzert, vielleicht auch ...

»Zum 100. Geburtstag eines Mannes im Seniorenheim«, unterbrach Richard sie in ihren Gedanken und schaute sie etwas mitfühlend an.

Florentine versuchte, ihre Enttäuschung zu unterdrücken.

»Ich weiß, das ist nicht besonders aufregend, aber unsere Leser schätzen solche Storys.« Richards Zähne blitzen. »Noch einen Kaffee?«

Sie nickte, und er winkte der Kellnerin.

»Du weißt sicher, dass wir nicht viel zahlen können. Den Zeitungen geht's schlecht. Die Leute lesen immer mehr online und glauben, das sei alles gratis. Es gibt ein Zeilenhonorar plus ein kleines Extra für die Fotos. Unser Fotograf ist gerade im Sommerurlaub. Kannst du fotografieren?«

»Sicher. Wenn es ein Handyfoto tut?«

Er nickte.

Ein leises Glöckchen erklang. Florentines Kopf ging automatisch Richtung Tür. Sie mochte diesen Klang, er hatte etwas Altmodisches an sich. Wahrscheinlich hatten die neuen Besitzer des Cafés die Türglocke aus Nostalgie beibehalten. Damit die älteren Herrschaften, die dem alteingesessenen Café sicher nachtrauerten, sich durch das moderne Design nicht abgestoßen fühlten. Eine gut aussehende Schwarzhaarige trat in die Tür, hinter ihr ein schwarz gelockter Mann. Mattis. Verstohlen schaute Florentine zu, wie sich die beiden einen Platz auf der anderen Seite des Cafés suchten.

»Du weißt ja sicher, wo das Seniorenheim liegt, oder?«, fragte Richard.

Die beiden schienen sich gut zu kennen. Sie setzten sich, redeten und steckten die Köpfe zusammen.

»Florentine?«

»Ja. Entschuldige. Was hast du gefragt?« Sie rückte ihren Stuhl so, dass sie mit dem Rücken zu Mattis und seiner Begleiterin saß.

»Weißt du, wo das Seniorenheim liegt? Es ist relativ neu und ...«

»Natürlich. In der Martinstraße. Wann beginnt denn die Feier oder gibt es gar keine?«

Richard schaute auf seine silberne Armbanduhr. Ein Mann, der Uhr trug. Florentine lächelte ihn an, obwohl ihr nicht zum Lächeln zumute war. Sie hatte es gewusst! Alle netten Männer waren vergeben, und wenn nicht, ließen sie einen im Stich oder, besser noch, betrügen einen. Vielleicht hatten Pia und ihre Mutter ja doch recht, und sie würde das Geld, das sie Lars geliehen hatte, nie mehr wiedersehen. Und Mattis konnte sie auch vergessen.

»Um halb zwölf Uhr kommt der Bürgermeister und überbringt dem Geburtstagskind die Glückwünsche und einen Blumenstrauß. Ein Foto von den beiden wäre schön. Schaffst du den Artikel bis 18 Uhr? Dann kann er morgen in der Samstagszeitung erscheinen.«

»Das passt.« Sie hatte ja eh nichts Besseres zu tun. Den Krimi hatte sie endgültig abgehakt.

Vom Café zum Seniorenheim waren es kaum zehn Minuten zu Fuß. Florentine lief die verkehrsberuhigte Fußgängerzone entlang und versuchte dabei, sich im Schatten der ausladenden Jalousien der Bekleidungs- und Optikerläden vor der Sonne zu schützen, die schon am Vormittag ungewöhnlich heiß war. Sie überquerte die Hauptstraße, ging über die Neckarbrücke und bog kurz darauf in die Nebenstraße ein, in der das mehrstöckige weiß-graue Gebäude lag. Knapp elf Uhr, sie war gut in der Zeit. Vielleicht könnte sie noch ein wenig mit dem alten Herrn plaudern, um die Geschichte etwas aufzupeppen.

Im Seniorenheim liefen die Vorbereitungen schon auf Hochtouren. Eine junge Altenpflegerin erzählte ihr, dass sie einen kleinen Besucherraum festlich geschmückt hätten und es gleich einen Sektempfang mit dem Geburtstagskind und dem Bürgermeister gäbe. Und natürlich wären ein paar weitere Senioren und die Geschäftsleitung zugegen. »Ich hoffe, Herr Birnbaum hat nichts dagegen, dass er interviewt wird. Wissen Sie, er ist für sein Alter sehr rüstig, völlig klar im Kopf, aber auch etwas eigen.« Sie lachte und brachte Florentine zu Herrn Birnbaums Zimmer, klopfte und ging, ohne auf eine Antwort zu warten, hinein.

»Dürfen wir kurz stören?«, fragte sie und winkte Florentine zu, ihr zu folgen.

Im Raum saß ein weißhaariger alter Herr im Rollstuhl. Er war mit einem schwarzen Anzug und weißem Hemd bekleidet. Eine grauhaarige Pflegerin hantierte vor ihm herum. Florentine beobachtete, wie die Pflegerin Herrn Birnbaum mit gekonnten Griffen einen schwarzen Schlips umband und den Knoten dabei nach oben unter dessen faltigen Hals schob.

»Nicht so fest!« Der alte Mann fegte die Hand der Pflegerin unwirsch zur Seite. »Ich bekomme keine Luft«, sagte er wütend und nestelte an dem Knoten, aber seine Finger waren wohl nicht mehr beweglich. Der Knoten wurde nicht lockerer.

Die Pflegerin versuchte, ein weiteres Mal Hand anzulegen, und griff nach dem Schlips.

Aber der Mann drehte seinen Kopf so zur Seite, dass sie nicht mehr an ihn herankam. Jetzt erst schien er Florentine zu bemerken. Er schaute sie mit interessierten Augen an.

»Wer ist das?«, fragte er die junge Pflegerin.

119

»Das ist Frau ... Wie war noch mal Ihr Name?«

»Florentine Sommerfeld vom *Mindringer Boten*. Zuerst einmal herzlichen Glückwunsch zu Ihrem Geburtstag.« Florentine trat mit festen Schritten auf den Mann zu und streckte ihm die Hand entgegen. Er nahm sie nicht, sondern fragte nur: »Können Sie mir den Knoten lockerer machen? Sie scheinen nicht so grobe Hände zu haben wie der alte Drachen da.« Er reckte ihr den Hals entgegen.

Florentine zögerte kurz. Dann legte sie ihre Umhängetasche auf einen der Stühle im Raum und machte sich am Krawattenknoten zu schaffen.

Die ältere Pflegerin stand mit saurem Gesicht neben ihnen. »Ich glaube, jetzt sind Sie schön genug. So können Sie sich vor dem Bürgermeister sehen lassen«, sagte sie, drehte sich um, und schon war sie draußen.

Die Jüngere lächelte Florentine entschuldigend an und wandte sich an das Geburtstagskind. »In einer halben Stunde geht es los, Herr Birnbaum.«

Der winkte ab, und auch die junge Pflegerin verließ schnell das Zimmer.

»Ich brauche noch mal Ihre Hilfe«, sagte Herr Birnbaum. Er flüsterte, als hätte er Bedenken, dass jemand mithören würde.

»Wobei?« Florentine nahm einen der freien Stühle und stellte ihn Herrn Birnbaums Rollstuhl gegenüber. Sie hatte sich beim Herlaufen ein paar Fragen an ihn überlegt, aber falls sie dem alten Herrn noch einmal behilflich sein konnte ...

»Könnten Sie dort im Schrank«, er deutete auf das oberste Fach eines weiß lackierten Einbauschranks, »... könnten Sie da mal hineingreifen?«

Florentine stand auf und öffnete die Schranktür. Hier lagen fein säuberlich aufeinandergestapelt graue und schwarze Pullover, daneben ein bordeauxroter Winterschal und ein paar Handschuhe. »Ja?«

»Greifen Sie ganz nach hinten, hinter den untersten Pullover.« Herr Birnbaum beobachtete sie gespannt.

Florentine griff in den Schrank, aber da war nichts. Sie stellte sich auf die Zehenspitzen und fühlte noch mal. »Da ist nichts, nur der glatte Boden. Was sollte denn dort liegen?«

»Mein alter lederner Schlüsselbund von zu Hause. Da hab ich Geld reingesteckt. Vier Hunderteuroscheine. Vor einem halben Jahr konnte ich mich noch besser bewegen.«

Florentine griff zwischen die Pullover, tastete weiter. Schließlich nahm sie den Stapel mit allen Oberteilen, legte ihn auf den Esstisch und untersuchte das Fach noch einmal. »Tut mir leid, da liegt wirklich nichts.«

»Ich habe es gewusst!« Der alte Mann schlug sich mit der flachen Hand auf den Oberschenkel. »Sie hat mich bestohlen.« Sein von unzähligen Falten überzogenes Gesicht verfärbte sich rot. »Dieses hinterhältige Frauenzimmer!«

»Wer denn?« Florentine legte den Stapel Pullover zurück in den Schrank und setzte sich wieder ihm gegenüber.

»Die alte Schachtel, die mich gerade fast erwürgt hätte. Gestern, als ich vom Mittagsschlaf aufgewacht bin, hab ich gesehen, wie sie am Schrank stand und herumschnüffelte. Dabei hat sie dort nichts zu suchen. Überhaupt nichts!«

»Kann es nicht sein, dass Sie den Schlüsselbund mit dem Geld woanders deponiert haben? Vielleicht dort in der Schublade?« Florentine deutete auf den rollbaren Beistelltisch neben Herrn Birnbaums Bett.

»Junge Frau, ich bin alt, aber nicht blöd im Kopf«, sagte Herr Birnbaum und schaute sie an. Er hatte ungewöhnlich wache, blaue Augen.

Wie unangenehm. Der alte Mann war wirklich völlig klar im Kopf. Vielleicht hatte er doch recht, und das Geld war ihm gestohlen worden.

»Wenn ich sie direkt darauf anspreche, wird sie es sicher leugnen.« Herr Birnbaum schwieg wieder und schien nachzudenken.

»Und wenn Sie mit der Pflegeleitung sprechen?«

Er zuckte die Achseln. »Die haben doch für so was keine Zeit. Die sind ständig im Stress.« Mit seinem knöchrigen Zeigefinger tippte er auf die Armlehne seines Rollstuhls. Schließlich sagte er: »Ich werde Anzeige bei der Polizei erstatten. Und wenn die Täterin gefasst ist, schreiben Sie darüber, nicht wahr?« Jetzt schien er wieder Mut gefasst zu haben, denn er lächelte verschmitzt. »Machen Sie das?«

»Hm, ja ... warum nicht.« Florentine war etwas überrumpelt von seinem Vorschlag.

»Sie machen das, Kindchen, und zur Belohnung erzähle ich Ihnen jetzt ein wenig aus meinem Leben.«

19

Sylvia

SONNE, SCHAUKEL, SAFT. SYLVIA stellte das Glas mit dem Mädesüßsaft ab und schloss die Augen. Ihre Beine baumelten. Ein Foto von ihr würde ein wunderbares Reklame-Kitschplakat für das Leben abseits der Großstadt abgeben. Die Großstädter sehnten sich doch nach dieser einmaligen Ruhe, einem lauschigen Plätzchen und selbst gemachtem Saft. Ihrer stammte diesmal allerdings vom Bioladen in der Albstraße. Aber eigentlich könnte das Leben wirklich schön sein. Eigentlich! Doch sie war immer noch so sauer. Auf Joe, der sie belog und betrog, und auf Florentine, die so blöd war, ihrem ehemaligen Freund Geld zu leihen. Und wütend war sie natürlich darüber, dass Flo bei der Zeitung arbeiten wollte. Beim *Mindringer Boten*, dessen Artikel immer in einem so fürchterlich schlechten Deutsch geschrieben waren, dass sie die Zeitung nur wegen Joe noch nicht abbestellt hatte. Der störte sich nicht an falscher Groß- und Kleinschreibung und Kommata, die zwischen den Worten herumwuselten wie Kraut und Rüben. Sylvia überlegte kurz, dann sprang sie so energisch aus der Hollywoodschaukel, dass diese lange nachwippte. Sie zog sich ihre bunten Gartenhandschuhe über, schnappte die kleine Hacke, die neben weiteren Gartengeräten an der Hüttenwand lehnte, dazu eine zurechtgeschnittene

Isomatte, die ihr als Knieschutz diente, und begann, die Erde unter ihrem Rittersporn zu bearbeiten.

Joe! Der Mann, mit dem sie seit Jahrzehnten verheiratet war, belog sie, als wäre es das Normalste von der Welt. Unfassbar! Mit offenem Mund hatte er sie gestern Abend angestarrt, als sie gegangen war. Sie hatte es gesehen, als sie sich noch mal kurz umgedreht hatte. Er hatte sicher nicht damit gerechnet, dass sie gehen würde. Hatte sie auch noch nie gemacht. Heute Morgen hatte er schon wieder versucht, sie anzurufen. Aber sie hatte keine Lust auf seine Lügen oder Ausreden. Und Johannes? Wusste er von Joes Eskapaden? Er war einer von Joes ältesten Freunden. Steckte er mit ihm etwa unter einer Decke? Sylvia hievte sich nach oben, rückte die Kniematte weiter, schob mit einer Hand ein Büschel Vergissmeinnicht zur Seite und hackte mit der anderen auf die Erde darunter ein.

Und dann Florentine. Ganz Joes Tochter. Hat sich von einem blonden Schweden hereinlegen lassen, sodass sie jetzt ihre Karriere als Autorin aufgab. Warum kämpfte sie nicht? Sie war doch begabt. Sylvia hielt in ihren Bewegungen inne. Sie hatte Florentine noch nie gesagt, dass ihre Romane gut waren, dass die Storys immer eine spannende Handlung hatten und dass sogar sie, die viele Romane gelesen hatte, die Verwicklungen und ihre Auflösung nicht immer voraussehen konnte. Flos Liebesromane konnten sich sehen lassen. Das war keine nullachtfünfzehn heruntergeschriebene Massenware. Die Handlungsstränge waren durchdacht und intelligent aufgebaut. Sylvia legte die Hacke beiseite und wischte sich mit einer Hand den Schweiß von der Stirn. Hatte sie ihrer Tochter schon einmal gesagt, wie stolz sie auf sie war? Nein, sie hatte immer nur auf ihren Kommafehlern herumgehackt und ihr, nachdem ihre Romane im Handel waren, eine Liste mit den Druckfehlern überreicht. Wie blöd von ihr! Sylvia seufzte. Kein Wunder, dass Flo gleich aufgab.

Sie stand auf, trug ihre Utensilien zurück und wusch sich in der Hütte die Hände. Ihr Magen knurrte. Sie hatte heute nichts gefrühstückt. Im Kühlschrank hatte sie nur einen alten Limburger gefunden, der äußerst überreif gerochen und den sie gleich entsorgt hatte. Nicht mal einen Kaffee hatte sie sich aufbrühen können. Außer ein paar Beutel Kamillentee lag nichts im Küchenschrank. Aber Kamillentee trank sie nur, wenn sie es am Magen hatte. Nein, sie würde zum Bäcker Stein in der Mühlgasse radeln und sich einen großen Cappuccino und ein belegtes Laugenbrötchen gönnen. Wenn es einem nicht gut ging, sollte man es sich gut gehen lassen!

Die fünf runden Tische vor der Bäckerei waren voll besetzt. Anscheinend hatten andere dieselbe Idee gehabt wie sie. Sylvia grüßte ein paar Leute, die sie kannte, stellte sich in die lange Schlange, ließ sich ihr belegtes Brötchen einpacken und kaufte einen Cappuccino to go. Am Neckarfußweg fand sie eine freie Bank. Sie lehnte ihr Fahrrad an ein Mäuerchen, auf dem ein junges Pärchen knutschte. Das Mädchen rutschte von der Mauer herunter und zog ihren Begleiter kichernd an der Hand weiter.

Sylvia setzte sich. Nach ein paar Bissen und einem großen Schluck Cappuccino ging es ihr besser. Sie beobachtete die Schwäne und Enten, die sich im Neckar die Schnäbel und Federn putzten, und genoss es, hier im Schatten der ausladenden Trauerweide zu sitzen, die die meisten Sonnenstrahlen abhielt. Doro kam ihr in den Sinn, wie sie gestern zusammen in der Eisdiele gesessen hatten. Warum hatte sie nichts über Frau Habermann und diesen Mann im Rollstuhl erzählt? Sylvia hatte doch mehrmals nachgefragt, aber Doro hatte immer wieder beteuert, dass sie Frau Habermann nicht näher kennen würde. Musste sie ja auch nicht. Aber von diesem Streit über die Rollstuhlrampe hatte sie ganz bestimmt gewusst, zumal sie seit einem halben Jahr im Haus wohnte. Sylvia aß den letzten Bissen und putzte sich den Mund mit der Serviette ab. Irgendetwas stimmte nicht mit Doro. Sie hatte den Eindruck, Doro wollte ablenken. Sie würde sie fragen, was das sollte. Jetzt gleich.

Als sie ihr Fahrrad über den Parkplatz in Richtung Eingang von Doros Haus schob, sah sie von Weitem, wie ihre frühere Kollegin auf einer knallgrünen Vespa aus der Tiefgarage schoss, rechts Richtung Stadtmitte blinkte, und schon war sie weg. Sylvia grinste. Das sah Doro gleich. Eine grüne Vespa! Kurz überlegte sie. Dann würde sie eben Florentine besuchen und sich bei ihr wegen ihres Verhaltens gestern Nacht entschuldigen. Aber auch bei ihrer Tochter hatte sie kein Glück. Sie klingelte mehrmals, doch niemand öffnete.

Einen Augenblick überlegte Sylvia, nach Hause zu Joe zu fahren. Vielleicht würde er ihr verraten, wo er gestern gewesen war. Aber dann fiel ihr ein, dass ihr Mann sicherlich wieder an dem Oldtimer herumschrauben würde, wenn es denn überhaupt stimmte, und sie entschied sich kurzerhand, Herrn Adam zu besuchen, den Rollstuhlfahrer. Vielleicht würde sie etwas herausbekommen und könnte mit neuen Informationen ihre Tochter davon überzeugen, doch noch einen Krimi zu schreiben.

Sie drückte auf den Klingelknopf, sagte durch die Sprechanlage ihren Namen und brachte ihr Anliegen vor.

Herr Adam betätigte den Türöffner und hielt ihr die Wohnungstür auf. Der grauhaarige Mann, der in ihrem Alter sein musste, rollte mit seinem Rollstuhl durch einen breiten Flur und bat sie ins Wohnzimmer. Ein helles, freundliches Zimmer, in dem große Gemälde die Wände verschönten. Herr Adam schien sich für abstrakte Malerei zu interessieren. Er bat sie, sich zu setzen, und Sylvia sank in ein weiches graues Sofa. Sie rutschte nach vorne, damit ihre Füße den Boden berührten.

Er entschuldigte sich kurz und rollte behände aus dem Zimmer.

Sylvia hörte, wie er in der Küche hantierte, und wenig später kam er mit einem Tablett, einer farbigen Karaffe und zwei Gläsern wieder. Geübt stellte er alles auf den Glastisch vor Sylvia ab und schenkte ihr und sich Wasser ein. »Bitte«, sagte er und trank einen Schluck. »Es tut mir sehr leid, dass ihre Tochter da mit hineingezogen wurde«, fuhr Herr Adam fort.

Sylvia winkte ab. »Florentine geht es wieder gut. Sie war ja nur kurz zur Beobachtung im Krankenhaus.«

»Und dass Frau Habermann niedergeschlagen wurde, das ist natürlich nicht in meinem Sinn. Das können Sie sich sicher vorstellen. Ich kann die Dame zwar nicht ausstehen, aber ... gewalttätig war ich noch nie. Auch wenn ich nicht gerade sagen kann, dass ich den Vorfall sonderlich bedaure.«

»Das verstehe ich.« Sylvia lächelte, nahm ihr Wasserglas und trank.

»Aber ich war es nicht, falls Sie das fragen wollten.«

Sylvia hob nur kurz die Schultern, sagte aber nichts. Auf diese Idee war sie gar nicht gekommen.

»Zudem hätte ich auch nicht in die Waschküche gelangen können. Ich kann zwar noch etwas laufen, aber die Treppenstufen runter und rauf, das ist doch schwierig für mich. Deshalb steht meine Waschmaschine hier in der Wohnung, im Bad«, ergänzte er.

Sylvia tat der Mann unendlich leid. Da hatte er ein solch schreckliches Leiden und musste sich mit einer widerlichen Nachbarin herumschlagen, die ihm das Leben schwer machte.

»Ich hatte Kinderlähmung. Seit ein paar Jahren sitze ich im Rollstuhl. Vor einem Jahr habe ich mir die Wohnung gekauft, weil sie zentral liegt. Zu den Einkaufsläden, den Ärzten oder ins Restaurant komme ich ohne Probleme. Und ich fahre auch gerne mal nach Stuttgart in eine Ausstellung. Nur die Rampe fehlte. Aber die meisten Eigentümer waren ja einverstanden, und da habe ich sie bauen lassen. Mit solch einer Klage hatte ich ehrlich gesagt nicht gerechnet.«

»Was passiert, wenn Frau Habermann den Prozess gewinnt?«, fragte Sylvia.

»Dann werde ich die Rampe abbauen lassen.«

»Und Sie kommen nicht mehr aus ihrer Wohnung.«

»So sieht es aus.«

Sylvia beobachtete Herrn Adam. Nein, er wirkte keineswegs verbittert oder wütend. Eher gelassen.

»Und ich nehme sogar an, dass Frau Habermann den Prozess nun, nach diesem Vorfall, gewinnen wird.«

»Warum das denn?«

»Wem wird der Richter recht geben?«

Sylvia zögerte mit einer Antwort. »Sie glauben, einer Frau, die gerade niedergeschlagen wurde?«

»Exakt.«

»Aber Sie können sich doch hier nicht einschließen lassen!« Sylvia war entsetzt. Sie selbst könnte es nicht ertragen, im Haus eingesperrt zu sein.

»Ich habe einen Plan B«, sagte Herr Adam.

Sylvia hob den Kopf.

»Gerade wird ein Heim für betreutes Wohnen gebaut. Ich habe mich für eine Wohnung angemeldet. Das Projekt soll in einem halben Jahr fertiggestellt sein. Und so lange kann ich den Prozess sicher noch hinausschieben.«

Dieser Mann schien sein Leben lang gekämpft zu haben. Es gefiel Sylvia, dass er sich nicht unterkriegen ließ.

»Ich weiß wirklich nicht, wer Frau Habermann niedergeschlagen hat. Und kann mir ehrlich gesagt auch nicht vorstellen, dass es jemand aus dem Haus gewesen sein sollte. Warum auch? Die Leute hier sind nett, unbescholtene Bürger. Da ist ein junges Pärchen mit zwei Kindern, eine alleinerziehende Frau mit einer fast erwachsenen Tochter. Das ältere Ehepaar, dem die Rampe auch nicht gefällt. Aber die hätten ja keinen Grund, Frau Habermann niederzuschlagen. Dann gibt es noch eine alleinstehende Frau oben unter dem Dach. Auch die ist sehr sympathisch und wirkt nicht gerade wie jemand, der einen anderen niederschlägt. Nein, niemandem im Haus würde ich solch eine Tat zutrauen.«

20

Pia

WAS FÜR EIN TAG! Pia lag in der Badewanne, fuhr mit der Hand sacht durch den hohen Seifenschaum und schloss die Augen. Nebenan im Schlafzimmer war Paulchen gerade eingeschlafen, und normalerweise schlief er durch und wachte er erst gegen sechs Uhr morgens auf. Die Zwillinge schauten sich zum x-ten Mal die *Eiskönigin II* an. Es war Emmas Wunsch gewesen. Sie hatte heute am Freitagabend entscheiden dürfen, was sie anschauten. Nächsten Freitag war Leon an der Reihe. Er würde sich sicher einen Film mit mehr Action wünschen.

Wie schön! Warmes Wasser, nach Lavendel duftender, weicher Schaum, gedimmtes Licht und dazu sanfte Meditationsmusik von Enya. Pia seufzte, sie würde diesen blöden Tag einfach wegduften und in Wasser ertränken.

Leon! Er hatte ihr am späten Nachmittag erklärt, warum er sich mit Philipp, Frau Klausners Sohn, angelegt hatte.

»Er macht Maja Angst und nimmt ihr Geld ab. Dabei hat er doch reiche Eltern. Und das war nicht das erste Mal.«

»Okay. Und woher weißt du das?«, hatte sie ihn gefragt.

»Weil ich es eben weiß.«

Emma hatte sich eingemischt. »Weil Leon in Maja verliebt ist. Deshalb weiß er das.«

»Bin ich nicht, du Blödi!« Leon war auf Emma losgegangen, und Pia wunderte sich über ihren Sohn. Früher war er das friedfertigste Kind gewesen. Da hatte eher Emma draufgeschlagen. Waren das schon die ersten Anzeichen der Pubertät?

Sie hatte die beiden Geschwister kurzerhand getrennt und scharf angeschaut. »Gewalt nützt nichts. Du hättest mit Philipp reden können.«

»Ich will mit dem nicht reden. Der ist superdoof!« Leon hatte die Arme vor der Brust verschränkt. »Und dann tut er was Falsches, und ich soll bestraft werden. Das ist nicht fair.«

»Nein, das ist es nicht. Aber was du getan hast, war nicht richtig. Philipp hat sogar geblutet.«

»Das wollte ich nicht.«

»Glaub ich dir, Leon.« Pia hatte ihn in die Arme genommen.

»Was passiert jetzt, Mama?«, hatte er sie leise gefragt.

»Ich werde mit Frau Klausner reden und auch noch mal mit eurer Rektorin. Wir werden sicher eine Lösung finden.« Pia wusste zwar nicht, was ein Gespräch mit Philipps Mutter bringen sollte, außer weiteren Streit und Gekeife, aber das konnte sie ihrem Sohn ja schlecht sagen. Vielleicht hatte die Rektorin eine Lösung parat. Zumindest hatte sich Leon mit ihrer Antwort halbwegs zufriedengegeben, und als er mit Emma vor dem Fernseher saß, hatte er schon wieder gelacht.

Pia lächelte und griff nach dem Naturschwamm, den sie sich letzte Woche aus dem Drogeriemarkt mitgebracht hatte. Liebevoll strich sie damit an ihren Armen entlang. Das tat gut!

Nach ihrem Besuch heute Morgen im Gymnasium war sie gezwungenermaßen im Polizeibüro geblieben. Sie hatte alleine die Stellung gehalten. Alex hatte zu Hause seine Zahn-OP verarbeitet, Bernd musste Streife fahren. Das Telefon lief rund. Aber zumindest konnte sie ein paar kleine Erfolge verzeichnen: Ein Labrador war entlaufen und gefunden worden. Sie schlichtete einen Streit zweier Nachbarn, wegen überhängender Äste und auf die falsche Seite des Zauns gefallener Frühzwetschgen, und wurde in den Media Markt gerufen, weil ein Junge beim Stehlen eines Computerspiels erwischt wurde. Sie erreichte, dass keine Anzeige gegen ihn erhoben wurde, weil er das erste Mal geklaut hatte. Ein ganz normaler Tag, ohne dass sie Zeit gehabt hätte, im Fall Klausner oder Habermann weiterzukommen.

Pia rutschte mit dem Po nach vorne und tauchte die Haare in das duftende Wasser. Sie wollte nach ihrem Shampoo greifen, bemerkte aber, dass sie es in der Dusche hatte stehen lassen, und benutzte kurzerhand das der Zwillinge. Blaubeershampoo für Kinder würde es auch tun.

Nachdem sie das Polizeirevier gegen 17 Uhr geschlossen hatte, war sie bei Herrn Adam vorbeigegangen, dem Rollstuhlfahrer, der mit Frau Habermann im Clinch lag. Aber der war einsilbig gewesen. Er habe heute schon mit Frau Sommerfeld gesprochen. Er wisse wirklich nichts. Pia griff nach der Brause und spülte das Shampoo aus ihren Haaren. Florentines Mutter! Was mischte die sich ein? Eigentlich mochte sie Frau Sommerfeld. Als Flo und sie zusammen aufs Gymi gegangen waren, war sie oft bei Flos Familie gewesen. Dort hatte schon immer eine lockere Atmosphäre geherrscht. Und Flos Vater war ein cooler Typ. Gelassen und ungeheuer klug und belesen. Er konnte Flo und ihr immer bei den Hausaufgaben in Chemie oder Physik helfen, erzählte ihnen so lebendig und begeistert von den

Fächern, dass sogar sie naturwissenschaftliche Experimente verstanden und in Physik einmal eine Drei anstatt einer Fünf auf dem Zeugnis bekommen hatte. Und eigentlich mochte sie auch Florentines Mutter. Eine Mutter, die regelmäßig auf Demos ging und für den Klimaschutz und die Integration von Ausländern demonstrierte, hätte sie auch gerne gehabt. Aber diese Befragungen von Zeugen oder sogar verdächtigen Personen im Fall Habermann, das ging zu weit. Sie würde Frau Sommerfeld morgen anrufen und sie bitten, sich künftig rauszuhalten.

Pia wusch ihre Haare ein zweites Mal, duschte sich ab und stieg aus der Wanne. Sie griff nach dem Badehandtuch und trocknete sich ab. Das Handy klingelte. Ein Blick darauf – ihr Chef. Pia seufzte und nahm das Gespräch an. Sie schätzte Polizeihauptkommissar Zaihsenberger, aber warum konnte er nicht tagsüber anrufen? Entweder meldete er sich morgens in aller Herrgottsfrühe, wenn sie die Kinder in die Schule oder Paulchen in die Kita brachte, oder zu nachtschlafender Zeit. Er war doch in Kur, ging man da nicht früher zu Bett?

»Tut mir leid, dass ich Sie jetzt noch störe, Frau Lindner, aber ...«

Pia stellte das Handy auf laut und schlüpfte in ihren weißen Kuschelbademantel.

»... Frau Klausner hat sich heute Abend noch bei mir gemeldet, beziehungsweise sie hat sich mal wieder beschwert. Und da ich bis jetzt gerade noch eine Anwendung hatte ...«

Pia rollte die Augen. Frau Klausner. Wer sonst?

»Was ist denn los zwischen Ihrem Sohn und Philipp Klausner?« Jetzt hatte ihr Chef einen scharfen Ton angeschlagen, den sie gar nicht an ihm kannte.

Pia atmete tief aus und erklärte ihm mit ihrer freundlichsten Stimme, was vorgefallen war. Ihr Chef hörte zu, unterbrach sie nicht mal. Am Ende meinte er nur: »Klären Sie das und finden Sie vor allem heraus, wer Frau Klausners Mercedes beschädigt. Es wird wirklich Zeit. Die Sache geht nun schon seit zwei Wochen. Ich kann mich doch auf Sie verlassen, Frau Lindner?«

Pia drehte Grimassen im Spiegel. Sie verzog ihr Gesicht, streckte die Zunge heraus und schüttelte energisch den Kopf. Das hatte ihr schon als Kind geholfen, wenn jemand blöd zu ihr war.

»Frau Lindner?«

»Natürlich, Herr Zaihsenberger, ich kümmere mich darum. Gleich Montag früh.«

»Montag?« Er schwieg kurz. »Stimmt. Heute ist ja Freitagabend. Aber das geht nicht. Sie kümmern sich gleich morgen früh darum.«

»Aber ...«

»Frau Klausner ist eine gute Bekannte, beziehungsweise ihr Mann ist ein guter Freund von mir, und ich erwarte, dass dieser Fall spätestens Anfang nächster Woche vom Tisch ist. Ich habe keine Lust mehr, mir jeden Tag diese Wutanfälle anzuhören. Ich hatte einen Bandscheibenvorfall. Ich muss mich schonen. Verstehen Sie das?«

Daher wehte der Wind. Frau Klausner nervte ihren Chef. Eigentlich wollte sie gerne erwidern: Ich habe Wochenende, Chef. Drei Kinder habe ich auch noch, die würden sich sicher freuen, wenn sie ihre Mutter mal wieder etwas länger für sich hätten als nur kurz morgens und abends. Und mein Mann ist nicht da. Meine Mutter macht mit ihrem neuen

Freund Urlaub ... Wie soll ich das bitte schaffen? Aber das war ihr Problem. »Natürlich, Chef«, sagte Pia, »ich verstehe Sie gut. Gute Besserung«, und legte auf.

21

Florentine

FÜR HEUTE WAR WIEDER ein heißer Tag vorhergesagt. Florentine zog ihr buntes Sommerkleid mit den schmalen Trägern über, schlüpfte in ihre hellen Sandalen und fuhr sich rasch mit der Haarbürste durch die blonden Locken. Ein kurzer Blick in den Spiegel. Auch ohne Make-up, das an solch heißen Tag sowieso völlig unpassend war und das sie eh nur im äußersten Notfall benutzte, fand sie sich passabel. Im Flur schnappte sie sich die Umhängetasche, vergewisserte sich, dass sie ihr Handy eingesteckt hatte, damit sie Fotos schießen konnte, und nahm Eddie an die Leine. »Komm, Süßer, Geld verdienen. Wir gehen aufs Sommerfest!« Gestern Abend hatte sie ihren ersten Artikel über den Hundertjährigen an die Redaktion geschickt, und heute Morgen stand er in der Zeitung. Sie hatte sich extra ein Exemplar am Kiosk in der Fußgängerzone gekauft, um zu schauen, wo der Artikel platziert war und ob sie ihn zusammengestrichen hatten. Nein, alles drin. Drei große Spalten und zwei Fotos. Eines mit einem etwas ernst dreinschauenden Herrn Birnbaum und einem strahlenden Bürgermeister mit Riesenblumenstrauß, den er dem Jubilar unter die Nase hielt. Das andere mit einem zaghaft lächelnden Herrn Birnbaum, zusammen mit der Pflegeleitung und den Pflegerinnen. Der Artikel mit den

Fotos würde schon mal ein paar Euro an Honorar bringen. Sie strich Eddie über das Fell und flüsterte ihm ins Ohr: »Auf dem Fest gibt's gebrannte Mandeln und Zuckerwatte für mich, und für dich fällt sicher auch was Leckeres ab. Vielleicht ein Würstchen.« Eddie verstand genau, was sie sagte, und leckte sich über die Lefzen.

Leise schloss Florentine die Wohnungstür hinter sich ab und schaute verstohlen zu Mattis' Tür. Sie fand ihn sympathisch und attraktiv, aber mit dieser hübschen, sicher zehn Jahre jüngeren Frau, mit der sie ihn im Café gesehen hatte, konnte sie nicht konkurrieren. Zudem hatte er ja davor bereits Damenbesuch gehabt, wie sie ab und an bemerkt hatte. Ein Musiker eben. Nein, sie sollte ihn gleich wieder vergessen.

Im Treppenhaus traf sie auf den alten Herrn Moor, der sich nach ihrem Befinden erkundigte, und eine weitere Bewohnerin, die sich unten vor dem Haus an den Blumenrabatten zu schaffen machte, fragte sie, wie es ihr ginge. Florentine freute sich über diese Aufmerksamkeiten. Es schien so, als ob solch ein Ereignis die Menschen offener werden ließ.

Eddie hielt sich lange an den Weidenbüschen am Neckarweg auf. Er schnüffelte, hob sein Beinchen, fraß ab und zu Gräser und bellte seine größeren männlichen Konkurrenten an. Die schienen verwundert über Eddies merkwürdig tiefe Stimme, die so gar nicht zu einem kleinen Hund passte, und liefen, ohne ihn eines Blickes zu würdigen, langsam weiter. Aber sie hatte noch eine gute halbe Stunde Zeit, bis sie Pia und die Kinder auf dem Festplatz am früheren Gänsemarkt treffen würde, deshalb durfte Eddie heute Morgen eine ausgedehnte Schnüffelrunde machen.

Es hatte lange gedauert, bis sie Pia vorhin am Telefon überreden konnte, mit aufs Sommerfest zu kommen. Ständig hatte sie von ihrem Chef und einer Frau Klausner gesprochen, aber schließlich hatte sie doch zugesagt.

»Hast ja recht. Emma und Leon sind sicher total begeistert, wenn wir aufs Fest gehen. Und Paulchen könnte zum ersten Mal Karussell fahren.«

»Genau. Und du denkst einfach mal an was anderes als an deine Arbeit«, hatte Flo hinzugefügt, und die Sache war gebongt.

Wow. Mindringen hatte sich ins Zeug gelegt. Gestern hatte ihr Richard Hauser, der Redakteur, erzählt, dass zum diesjährigen Sommerfest ein historischer Markt einladen würde. Und tatsächlich sah Florentine schon von Weitem nostalgisch anmutende Stände und hörte statt der üblichen alten deutschen Schlager uralte deutsche Schlager, die sicher nur der Generation ihrer Eltern vertraut waren. Sie ging rasch näher und kam an einem Stand vorbei, an dem man mit fliegenden Hüten Teddys und Puppen abschießen konnte. Auf der anderen Seite gab es einen »Hau den Lukas« und ein Kettenkarussell. Kinder wie Erwachsene saßen in fliegenden Pferden und Schwänen mit langen Hälsen, kreischten und lachten. Weiter vorne war ein Kasperletheater aufgebaut, davor vier Holzbankreihen, auf denen die ersten Zuschauer Platz genommen hatten und auf Kasperles Einsatz warteten. Ein Riesenrad mit bunten Lichterketten und Jugendstilbemalungen hatte es ihr besonders angetan. Während sie Eddie rund um das Riesenrad zog und ihr der verführerische Duft gebrannter Mandeln in die Nase zog, zückte Florentine ihr Handy und schoss ein Foto nach dem anderen.

»Eddie! Flo!«

Florentine drehte sich um und sah Pia mit Emma, Leon und Paulchen von Weitem winken.

Die Zwillinge rannten auf sie zu und stürzten sich zuerst auf Eddie, bevor sie Flo kurz umarmten.

»Na, willst du Riesenrad fahren?« Pia war mit Paulchen im Buggy bei ihr angekommen und grinste sie an.

»Niemals. Weißt du doch«, sagte Flo und schloss ihre Freundin in die Arme. »Ich würde sterben. Aber schön sieht es aus. Unglaublich schön.« Pia wirkte müde, aber sie lächelte, als sie sagte: »Danke, dass du mich aus meinem Alltagstrott herausgeholt hast.« Und Flo drückte sie noch ein wenig fester.

»Schau mal, Boxautos!«, rief Leon und zog seine Schwester am T-Shirt-Ärmel.

»Mama, dürfen wir Boxauto fahren?«, fragte Emma, und Pia nickte. »Ihr habt euer Taschengeld bekommen und noch ein paar Euro extra. Die könnt ihr ausgeben.«

Und schon rannten die beiden los.

»Treffpunkt hier, am Riesenrad, in einer halben Stunde«, rief Pia ihnen nach, doch die beiden antworteten nicht mehr.

Florentine und Pia schlenderten durch die Buden, ließen Paulchen Karussell fahren, und der juchzte und winkte ihnen aus einer bunt bemalten Kutsche begeistert zu. Florentine kaufte sich gebrannte Mandeln, die sie seit ihrer Kindheit liebte, und für Eddie gab es eine kalte Bockwurst. Pia und Paulchen ließen es sich bei der Waffelbäckerei schmecken, und Flo freute sich, dass Pias Gesicht langsam entspannter wirkte. Ab und an ließen sich Emma und Leon blicken und rannten wieder begeistert davon.

»Schau«, sagte Pia plötzlich, »deine Mutter.«

Florentine sah, wie Mama am Eingang zum Rummelplatz ihr Fahrrad in einen der Ständer stellte und ihre Tasche aus dem Fahrradkorb nahm. Warum war sie in letzter Zeit immer alleine unterwegs? Wo war Papa denn?

»Sie hat gestern Herrn Adam befragt«, sagte Pia zu ihr, und Flo sah, dass Mama winkte und auf sie zukam.

»Und? Weißt du, ob sie was herausgefunden hat?«

»Hat sie sicher nicht. Ich hab mit ihm gesprochen. Er weiß nichts. Sie sollte das bleiben lassen.«

Flo sah, wie Pias steile Stirnfalte zum Vorschein kam. Die hatte sie schon als junges Mädchen, wenn sie sich ärgerte.

»Du kennst doch meine Mutter. Sie lässt sich nichts sagen, macht ihr Ding.«

»Trotzdem!«

»Dann rede mit ihr.«

»Nicht jetzt. Sie will sich sicher amüsieren.«

Nur noch wenige Schritte, dann war Mama bei ihnen. Sie wirkte ernst. Wahrscheinlich war sie immer noch sauer, weil Florentine sich entschieden hatte, lieber mit Zeitungsartikeln anstatt mit einem Krimi Geld zu verdienen. Und dann natürlich, weil sie Lars Geld geliehen hatte.

»Hallo, ihr beiden. Und das ist ja schön, dass ich dich und den Kleinen mal wiedersehe.« Mama hatte sich an Pia gewandt. Sie umarmte zuerst ihre Freundin, dann sie. Kurz flüsterte Mama ihr ein »Entschuldigung« ins Ohr, »wegen neulich. Du weißt schon!« Florentine überlegte. Klar, Mamas ungewöhnlich scharfe Schimpfworte von Donnerstagnacht.

Ihre Mutter wartete kein »okay« oder »alles gut« von ihr

ab, sondern ging in die Knie und scherzte mit Paulchen. »Du bist ja groß geworden ...«

Florentine zog Grimassen hinter dem Rücken ihrer Mutter. Das war so typisch. Aber sie konnte sie nicht ändern. Und Flo wusste, welches Thema ihre Mutter bald anschneiden würde. Enkel. Doch ohne passenden Mann würde es niemals Enkel geben. Zudem war sie schon viel zu alt dazu.

Mama hielt sich am Buggy fest und drückte sich wieder nach oben.

»Wo hast du denn Papa gelassen?«, fragte Florentine. »Der war doch früher immer so scharf auf das Sommerfest.« Sie erinnerte sich, dass er in ihrer Kindheit völlig begeistert Boxauto gefahren war.

Ihre Mutter winkte ab und sagte nichts. Flo bemerkte, dass sie in der Ferne etwas beobachtete.

»Da vorne. Das ist doch Doro«, sagte Mama.

Florentine drehte sich um. »Welche Doro?«

Paulchen quengelte. Pia zog einen Schnuller aus der Buggytasche und hielt ihn Paulchen entgegen.

Er griff danach und stopfte ihn in den Mund.

»Eine frühere Kollegin. Du müsstest sie kennen. Sie wohnt im Haus neben dir.«

Florentine betrachtete die rundliche grauhaarige Frau im blauen ärmellosen Kleid, die einen Mann im Rollstuhl vor sich herschob. Doch, sie erinnerte sich. Einmal hatte sie sich mit ihr unterhalten, kurz nachdem sie eingezogen war. Jetzt winkte die Frau Mama zu. Florentine schaute genauer. War das nicht Herr Birnbaum, der da im Rollstuhl saß und interessiert die Buden und Karussells betrachtete?

Herr Birnbaum schien sie zu bemerken. Er hob die Hand

und zeigte beim Näherfahren seine etwas windschiefen grauen Zähne.

Sie stellten sich vor, merkten jedoch schnell, dass nur der alte Herr Birnbaum in der Runde unbekannt war. Pia hatte Dorothea Singer gestern befragt. Diese hatte die Polizistin wohl nicht gleich erkannt, weil Pia nun keine Uniform trug. Aber dann war alles klar. Frau Singer erzählte, dass sie Herrn Birnbaum gut kenne, weil sie einmal in der Woche im Altersheim einen Spielenachmittag veranstaltete. Mama, Pia und Doro fingen gleich ein Gespräch an, und Florentine bemerkte, wie der alte Mann sie verstohlen anschaute.

»Ja?«, fragte sie, und Herr Birnbaum bedeutete ihr mit einer Hand, dass er ihr etwas sagen wolle. Sie beugte sich zu ihm, und er flüsterte ihr ins Ohr, er müsse ihr unbedingt etwas erzählen.

Florentine schob ihn ein wenig beiseite. Vielleicht gefiel ihm der Artikel, der heute über ihn in der Zeitung stand.

»Wir haben sie geschnappt!«

»Wen?«, fragte Florentine.

»Die diebische Elster.«

Sie verstand immer noch nicht.

»Na, die Pflegerin, die mir das Geld geklaut hat.«

Florentine bemerkte, wie ihre Mutter aufmerksam zu ihnen schaute. Lauschte sie etwa?

»Frau Singer, die Bekannte Ihrer Mutter, hat mir einen Tipp gegeben. Und ich habe es genauso gemacht, wie sie gesagt hat.« Herr Birnbaum kicherte.

»Wie denn?«, fragte Florentine. Sie sah, wie der alte Mann vergnügt in seinem Rollstuhl hin und her rutschte.

»Ich habe ihr heißen Kaffee auf die Hand geschüttet.

Natürlich nicht aus Versehen. Und sie direkt auf den Diebstahl angesprochen. Da war sie wohl so überrascht und erschrocken, dass sie es gleich zugegeben hat. 400 Euro, plus mein Lederetui. Das ist ja kein Pappenstiel.«

Flo beobachtete die Reaktion ihrer Mutter. Sie hatte ihre Augen zu Schlitzen verengt, wie wenn sie scharf nachdachte.

»Großartig«, sagte Florentine. »Freut mich sehr, dass Sie Ihr Geld wiederhaben. Aber heißen Kaffee über die Hand schütten. Das ist ja nicht gerade die feine Art. Hat sie sich sehr verbrüht?«

Herr Birnbaum winkte ab. »Es gibt Schlimmeres. Zudem werde ich sie nicht verraten. Hab ich versprochen, damit sie ihre Arbeit nicht verliert.«

»Das ist ja sehr großzügig von Ihnen.« Florentine grinste in sich hinein.

»Jetzt muss ich auch keine Anzeige erstatten, und Sie brauchen keinen weiteren Artikel über mich zu schreiben.« Der alte Mann schaute nach unten. »Ist das Ihr Hündchen?«, fragte Herr Birnbaum und deutete auf Eddie, der sich neben dem Rollstuhl auf den Bauch gelegt hatte, Pfoten und Beine lang ausgestreckt. So lag er immer, wenn er völlig entspannt war.

Sie nickte.

»Darf ich ihn mal streicheln?«

Verzückt schaute der alte Mann auf Eddie. Wie ein kleiner Junge, der sich vor einem Schaufenster die Nase platt drückte.

»Natürlich.«

Seine Hand streckte sich Richtung Eddies Rücken. Aber sie kam nicht weit.

Florentine hob Eddie hoch und legte ihn Herrn Birnbaum auf den Schoß.

Und der fuhr Eddie sanft über den Rücken und strahlte sie mit seinen tiefblauen Augen an, dass sie die heiße Kaffeebrühe schon fast wieder vergessen hatte.

22

Sylvia

SYLVIA SCHAUTE DORO VERSTOHLEN von der Seite an. Sie standen an einem Schießstand, und Doro zielte mit einem Gewehr auf eine rote Rose. Sie waren alleine unterwegs. Vorhin hatten sie sich von Florentine, Pia und den Kindern verabschiedet und waren mit Herrn Birnbaum weiter durch die Buden und Karussells geschlendert. Bis Herr Birnbaum völlig begeistert am »Hau den Lukas« nicht mehr weiterwollte. »Lassen Sie mich hier. Ich schaue zu. Und in einer halben Stunde holen Sie mich wieder ab. In Ordnung?« Doro hatte genickt, und sie waren nach einem kurzen Stopp am Waffelstand an der Schießbude angelangt.

»Poing – Treffer.« Lachend nahm Doro die Rose entgegen. »Willst du auch mal?«, fragte sie Sylvia, doch diese verneinte. »Ich hab's nicht so mit Waffen.«

»Jetzt sei doch nicht so.« Doro hatte sich bei ihr untergehakt, und sie zogen weiter. An der Schiffschaukel blieben sie stehen. »Und, hast du Lust?«

Sylvia schüttelte den Kopf.

»Was ist los?«

Sylvia schaute Doro direkt in die Augen. »Ich möchte dich etwas fragen.«

»Dann frag.« Doro schien verwundert zu sein. Und das

war ja verständlich. Sylvia war sonst nicht der Typ, der herumdruckste. Aber diese Frage war ihr sehr unangenehm. Sollte sie sie wirklich stellen? Sylvia gab sich einen Ruck. Es nützte nichts. Sie spukte ihr dauernd im Kopf herum. »Kann es sein, dass du etwas mit dem Überfall auf Frau Habermann zu tun hast?«

Doro schluckte und schwieg. »Wie kommst du darauf?«, fragte sie, drehte sich um und ging weiter Richtung Ausgang des Rummels.

Sylvia folgte ihr. War sie beleidigt? Sie hatte den Tonfall ihrer alten Bekannten nicht einschätzen können. Etwas zwischen erstaunt und überrascht.

Doro setzte sich auf die Holztreppe einer kleinen Theaterbühne, dessen Vorhang geschlossen war.

Sylvia lehnte sich in einigem Abstand an die Treppe.

Doro schaute sie erwartungsvoll an.

»Du verhältst dich merkwürdig.«

»Inwiefern?«

»Als wir uns wiedergetroffen haben, hast du nicht reagiert, als ich erwähnte, dass Frau Habermann niedergeschlagen worden war. Du redest nicht gerne über sie. Wusstest angeblich nichts über den Streit zwischen Herrn Adam und ihr.« Sylvia beobachtete Doros Reaktion. Aber sie konnte weder Erstaunen noch Verärgerung feststellen.

»Und weiter?«, frage Doro. »Ich lausche deinen Ermittlungen.«

Sie schien doch verärgert zu sein. Aber jetzt hatte Sylvia begonnen, jetzt musste sie es auch zu Ende bringen. »Du schlägst Herrn Birnbaum vor, heißen Kaffee über die Hand einer Pflegerin zu schütten.«

»Hast du gelauscht?« Jetzt schien Doro amüsiert.

»Hab ich.« Sylvia nickte leicht.

»Du bist gut!«, sagte Doro. »An dir ist eine Detektivin verloren gegangen.«

»Also?«, fragte Sylvia.

Ein Moment der Stille. »Ja«, sagte Doro. »Ich war's.«

Als Sylvia am Nachmittag zu Hause auf ihrer Terrasse saß und ihren Obstsalat löffelte, den sie sich zuvor zubereitet hatte, konnte sie immer noch nicht glauben, dass Doro eine Frau niedergeschlagen hatte. Hatte sie in Kauf genommen, sie zu töten? Doro hatte sich nicht mehr geäußert. Sie war aufgestanden und hatte gesagt: »Die halbe Stunde ist um. Ich muss jetzt zu Herrn Birnbaum. Er wartet sicher schon.«

»Aber ...«

»Ich erklär's dir. Aber nicht jetzt.«

»Heute Abend?«, hatte Sylvia gefragt.

»Da kann ich nicht. Morgen Abend? In deiner Laube? Gegen sechs?«

Sylvia hatte genickt. Sie hatten sich verabschiedet, und Sylvia war noch ein wenig über den Rummel gelaufen. Aber sie hatte sich nicht mehr auf die originellen Buden, die lachenden Kinder und die verführerischen Düfte konzentrieren können. Schließlich hatte sie ihr Rad geschnappt und war nach Hause gefahren.

Joe war nicht da. Er hatte keinen Zettel hinterlassen. Warum auch? Sie hatte ja auf seine Anrufe nicht reagiert.

Sylvia legte den Dessertlöffel auf den Tisch. Warum schlug eine Frau, die sie als absolut friedliebend kannte, eine andere Frau nieder?

23

Pia

Was für ein edles Lokal! Pias Vater, oder besser seine Freundin Evelyn, hatte sie und die Kinder an diesem Sonntagmittag in ein italienisches Restaurant in der Nähe vom Schloss Solitude eingeladen, fünfzig Kilometer von Mindringen entfernt. »Und seid bitte pünktlich«, hatte Papa gestern Abend noch mal betont, »Evelyn mag es nicht, wenn man sich verspätet.«

Natürlich. Evelyn wusste auch nicht, wie schwierig es war, mit drei Kindern pünktlich zu sein. Sie hatte ja keine Kinder, sondern nur einen Chihuahua, den Pia nicht zur Gattung der Hunde, sondern eher zu jener der Ratten zählte. Gott sei Dank würde Evelyn den Hund nicht mit ins Restaurant nehmen. Pia hätte ihre Abneigung ihm gegenüber sicher nicht verbergen können.

Aber das mit dem Pünktlich sein war nicht so einfach gewesen. Zuerst hatte Leon sich geweigert, seine schmutzige Lieblingshose gegen eine – aus seiner Sicht – Scheißjeans zu tauschen. Erst als er sein coolstes T-Shirt mit dem Leguan-Aufdruck anziehen durfte, hatte er aufgehört zu nörgeln. Emma war ausnahmsweise schnell beim Aussuchen der Kleidung gewesen. Sie liebte gerade alles, was glitzerte, und trug einen roten, ausgestellten Rock mit bedruckten Sternchen, den Pias Mutter ihr letztes Jahr zum Geburtstag geschenkt hatte, und ein mit Pailletten besticktes T-Shirt. Sogar Paulchen war gut angezogen, fand zumindest Pia. Sie hatte ihn in eine schwarze Hose und ein kariertes Hemd gesteckt. Für einen Zweijährigen sah er super aus. Sie selbst hatte lange vor dem Kleiderschrank gestanden, bis sie ein ärmelloses knöchellanges Sommerkleid gefunden hatte, das sie passabel für den 72. Geburtstag ihres Vaters fand. Das Bügeln dauerte etwas, und so waren sie trotz aller guten Vorsätze eine Viertelstunde zu spät gekommen.

»Ich will ne Pizza«, sagte Leon, als sie an einem mit edlem Villeroy & Boch-Geschirr und Stoffservietten eingedeckten Tisch Platz genommen hatten und Paulchen endlich in einem Kinderstuhl saß. Pia bemerkte sofort Evelyns missbilligenden Blick. Sie stellte die langstieligen Kerzen, die der Kellner angezündet hatte, außer Reichweite ihres Kleinen.

»Ich auch! Pizza Margherita.« Emma lehnte die Speisekarte ab, die ihr der Kellner mit einer kleinen Verbeugung in die Hand drücken wollte.

»Emma, hier gibt's leider keine Pizza«, sagte Pias Vater entschuldigend, nahm dem Kellner die Speisekarte wieder ab und reichte sie an Emma weiter.

»Ist das hier keine Pizzeria?«, fragte Emma.

»Es gibt bestimmt was anderes Leckeres, das dir schmecken wird.« Pias Vater hatte Emmas Frage geschickt ignoriert und lächelte seine Enkeltochter an.

»Das hier ist ein gehobenes italienisches Speiserestaurant. Zu deinem Geburtstag habe ich etwas ganz Exquisites ausgesucht, Liebling.« Evelyn hatte sich an Pias Vater gewandt und schaute ihn mit ihren riesigen runden Augen an, die

Pia immer an eine Kuh erinnerten. Warum nur hatte sich ihr Vater in diese grässliche Frau verliebt und ihre Mutter verlassen? Sie atmete leise aus, überflog die Speisekarte und schlug den Zwillingen ein paar Gerichte vor. Aber sie hörte immer nur: »Mag ich nicht.«

Die hochgezogenen Augenbrauen und das saure Gesicht von Evelyn versuchte sie dabei zu ignorieren.

»Dann Spaghetti mit Pesto.« Das kam von Leon.

»Und ich mit Tomatensoße und Shrimps.« Emma liebte Shrimps.

»Könnten Sie das arrangieren?«, fragte Pias Vater den Kellner, der geduldig neben seinen Gästen stand und wartete.

»Aber hier gibt es doch solch großartige Gerichte wie Filetto al tartufo oder Saltimbocca alla romana.«

»Natürlich, der Herr.« Der Kellner hatte gewartet, bis Papas Freundin mit ihrer Aufzählung fertig war. »Kein Problem.«

»Und eine Portion Spaghetti für den Kleinen. Bitte ohne Soße«, sagte Pia und lächelte den Kellner freundlich an. Sie konnte sich jetzt schon die Sauerei unter dem Tisch vorstellen, wenn Paulchen die Hälfte der Spaghetti essen und den Rest zwischen Kinderstuhl und Marmorboden verstreuen würde. Zumindest gäbe es keine Soßenspritzer.

»Haben die Herrschaften bereits die Getränke gewählt?«

»Cola!«, kam es von den Zwillingen wie aus einem Mund.

»Und für den Kleinen eine Apfelsaftschorle bitte«, sagte Pia.

»Bringen Sie erst mal den Kindern was«, ergänzte ihr Vater und legte Evelyn entschuldigend die Hand auf den Unterarm. »Danach bestellen wir Erwachsene.«

Pia grinste in sich hinein, als sie das säuerliche Gesicht von Evelyn sah. Was für ein ausgelassenes Geburtstagsessen!

Und das wurde es auch. Die Zwillinge bekamen ihr Essen und durften, nachdem Evelyn sie mehrmals ermahnt hatte, die Spaghetti mit Gabel und Löffel zu essen und nicht in den Mund zu schlürfen, auf Pias Erlaubnis hin, nach draußen in den Park. Nicht nur die Zwillinge, auch Evelyn schien darüber erleichtert zu sein. Paulchen aß halbwegs gesittet und quengelte nur ein einziges Mal, als er seinen Nachtisch aufgegessen hatte und keinen zweiten bekam. Das Essen war ausgezeichnet, aber das Gespräch verlief schleppend, und Pia tat ihr Vater leid, der vergeblich versuchte, zumindest einen Hauch von Harmonie herzustellen. Er saß zwischen allen Stühlen, und das seit zwei Jahren, seitdem er mit seiner ehemaligen Abteilungsleiterin, die jetzt gemeinsam mit ihm das alteingesessene Modehaus Breitner in Mindringen leitete, eine Affäre begonnen hatte. Vielleicht hatte Evelyn ja wirklich ein Händchen für Mode. Denn schick gekleidet war sie, ja fast elegant in ihrem perfekt sitzenden Etuikleid und dem dazu passenden Seidenschal, den sie sich um den langen Schwanenhals geschlungen hatte. Aber reichte schick für eine Beziehung?

Verstohlen betrachtete Pia ihre Armbanduhr. Kurz nach halb zwei Uhr. Noch eine knappe halbe Stunde. Sie hatte Flo gestern gebeten, sie gegen zwei Uhr nachmittags auf ihrem Diensthandy anzurufen. Nur durch eine Notlüge könnten sie und die Kinder diesem leidigen Zusammentreffen früher entkommen.

Flo hatte sie erstaunt angeschaut, als sie ihr diese Bitte auf dem Rummel ins Ohr geflüstert hatte, damit die Kinder nichts hörten. »Hab ich noch nie gemacht«, hatte Pia gesagt. »Aber ich halte das nicht länger als zwei Stunden aus, und zudem muss ich morgen Nachmittag arbeiten.« Sie hatte Flo erklärt, dass sie unbedingt den Fall Klausner lösen musste, ihr Chef ... Und Flo hatte verstanden und sofort angeboten, anzurufen und danach auf die Kids aufzupassen.

Ein schrilles Klingeln unterbrach Pia in ihren Gedanken. Ein Blick auf die Uhr. Viertel vor zwei Uhr. Noch früher, als sie ausgemacht hatten. »Tut mir leid, da muss ich ran.« Pia zuckte entschuldigend die Achseln, ignorierte Evelyns hochgezogene Brauen und hob ab. Es war nicht Flo. Eine Frau von der Zentrale meldete einen Streit in einer Mindringer Wohnung. Ein behinderter junger Mann und dessen Mutter.

»Sorry, Papa«, sagte sie beim Verabschieden und umarmte ihren Vater. Er schien enttäuscht zu sein und lächelte traurig. »Wir sehen uns ein anderes Mal.« Evelyn wirkte erleichtert, als Pia auf das Angebot ihres Vaters hin, sie könne die Kinder gerne hierlassen, abwinkte. Das konnte sie den Zwillingen nicht antun. Nein, sie würde sie, wie abgemacht, zu Florentine bringen. Pia seufzte vor Erleichterung. Nichts wie weg von diesem Affentheater. Zudem rief nicht nur der Streit, sondern auch Fall Klausner.

Auf der Fahrt nach Mindringen war es ungewöhnlich still im Wagen. Paulchen war schon nach wenigen Metern eingeschlafen, und die Zwillinge spielten ein Computerspiel auf ihren Handys. Ab und zu boxte Leon seiner Schwester in die Seite, wenn sie mal wieder schneller war als er, aber sonst war alles friedlich. Mit ihrer Freundin hatte sie alles besprochen. Flo würde gleich ihre Mutter im Schrebergarten besuchen, und ihre Mutter sei ja so scharf auf Kinder, besonders auf

Paulchen, hatte Flo gesagt, dass Pia sie beruhigt dort bei ihnen beiden abgeben könne.

Jetzt also noch ein Streit in Mindringen zwischen Mutter und Sohn in einem Mietshaus. Pia hoffte, dass er schnell zu schlichten wäre. Sie musste unbedingt zusammen mit Frau Klausner die Sache mit den beiden Jungs klären. Es musste doch möglich sein, sich mit dieser Frau zu einigen. Philipp schien ja auch kein Mustersöhnchen zu sein. Vielleicht würde er seine Drohungen gegenüber Maja zugeben, und die Sache wäre schnell erledigt. Einen Besuch bei einem Nachbarn der Klausners wäre dann eventuell auch noch möglich. Gestern hatte sich ein Mann gemeldet, der eine Aussage machen wollte. Hoffentlich war das ein brauchbarer Hinweis. Ihr Chef erwartete eine Lösung im Fall Klausner, und die wollte sie ihm so schnell wie möglich bieten. Gestern hatte sie die Gehaltstabelle angeschaut. Einige Hundert Euro mehr würde sie als Chefin des Mindringer Polizeireviers verdienen. Pia blinkte und fuhr auf die Autobahnauffahrt. Ohne Stau würde sie in zwanzig Minuten in Mindringen sein.

Ein Blick in den Rückspiegel. Paulchens Schnulli war halb aus seinem Mund gerutscht, aber er schlief trotzdem weiter. Leon und Emma spielten. Sie sollte mit Tommie reden. Seit ihrem Streit neulich am Telefon hatten sie nicht mehr miteinander gesprochen. Und sie hatte sich Gedanken gemacht. Vielleicht gab es ja doch eine Möglichkeit, Geld zu sparen, und Tommie musste diesen blöden Versicherungsjob gar nicht ausüben. Sie sollten in eines der Dörfer rund um Mindringen ziehen. Die Mieten waren dort niedriger, sie könnten sicher einiges sparen. Dazu in einem halben Jahr, wenn ihr Chef in Pension gehen würde, eine eventuelle

Gehaltserhöhung. Damit müsste es gehen. Aber würden die Kinder mitmachen und aus Mindringen wegziehen, wo sie all ihre Freunde hatten? Und wäre Tommie damit einverstanden? Sie griff nach ihrem Headset, legte es aber schnell wieder zurück. Nein, das sollte sie nicht zwischen Tür und Angel klären und vor allem nicht hier im Auto vor den Kindern. Pia drückte aufs Gaspedal und überholte einen Mercedesfahrer, dessen Wackeldackel unaufhörlich auf der hinteren Ablage mit dem Kopf pendelte, als sie Emmas aufgeregte Stimme von hinten hörte.

»Mama, Leon spuckt!«

24

Florentine

FLORENTINE ACHTETE AUF EDDIES Pfoten, ließ das Garten-
türchen hinter sich ins Schloss fallen und ging die wenigen
Schritte auf den Steinplatten Richtung Schrebergartenhütte.
Ihre Mutter saß unter dem riesigen Kastanienbaum in der
Hollywoodschaukel. Florentine winkte, aber Mama reagierte
nicht. Schlief sie etwa am helllichten Tag? Florentine ließ
Eddie von der Leine, und der rannte schwanzwedelnd auf
ihre Mutter zu, schnüffelte an ihren in der Luft baumelnden
nackten Beinen und raste dann weiter zu den Blumenbeeten.
Immer noch kam keine Reaktion von Mama. Florentine
trat näher.

Tatsächlich. Mama schlief. Ihr Kinn war Richtung Brust
gesunken, der linke Arm hing an der Seite des Polsters
herunter, die rechte Hand lag, mit der Lesebrille zwischen
den Fingern, auf einem Buch. Vorsichtig griff Florentine
nach der Brille und zog den Roman unter Mamas Hand weg.
Ein kurzer Blick auf den Titel: *Ediths Tagebuch* von Patricia
Highsmith. Sie grinste in sich hinein und legte Buch und
Brille auf der umgedrehten Apfelkiste neben der Schaukel
ab. Florentine setzte sich zu ihrer Mutter, gab der Schaukel
mit den Füßen einen leichten Schubs und betrachtete sie.
Mama wirkte kleiner als sonst. Von ihrer Energie war wenig

zu spüren. Mama war bleich, die verstrubbelten grauen Haare fielen ihr ins Gesicht, und Florentine bemerkte zum ersten Mal die Altersflecken auf ihrer Hand. Sonst wirkte Mama oft jünger, als sie war, aber jetzt sah sie aus wie eine Frau, die in eineinhalb Jahren siebzig würde.

Eddie schnüffelte unterdessen am Rittersporn, trippelte danach wieder in ihre Richtung, legte sich unter den Schatten spendenden Kastanienbaum und schloss die Augen.

Florentine strich behutsam über die Hand ihrer Mutter, aber Mama wachte nicht auf. Sie stand auf, ging in die Hütte und schenkte sich ein Glas Wasser ein. Merkwürdig, auf dem kleinen Küchentisch lagen Lebensmittel: Obst, Spätzle, Linsen, Reis, ein Bund Radieschen und ein Bauernbrot. Sie öffnete den Kühlschrank. Neben einem Paar Saitenwürsten lagen Landjäger, verschiedene Käse- und Schinkensorten, im obersten Fach stand ein Glas mit eingelegten Gurken sowie Erdbeer- und Orangenmarmelade. Hatte Mama vor, länger hierzubleiben, oder warum hatte sie so viel zu essen mitgebracht? Dachte sie, Pias Kinder hätten einen Bärenhunger? Vorhin hatte sie Mama angerufen, und da war sie völlig begeistert gewesen, dass die Kleinen kamen. Florentine setzte sich in Mamas Lesessessel. War doch etwas zwischen ihrem Vater und ihr vorgefallen? Hatten sie Streit? War Mama deshalb in letzter Zeit oft alleine unterwegs oder schlief sie deshalb hier?

Nein, das konnte sie sich nicht vorstellen. Ihre Eltern waren seit über vierzig Jahren verheiratet. Da vertrug man sich doch, oder? Zumindest hatten sie sich bisher bestens vertragen? Doch vielleicht stimmte das gar nicht. Schließlich hatte Florentine zehn Jahre in Schweden gewohnt. Es könnte sein, dass sie sich in den letzten Jahren völlig auseinandergelebt hatten. Aber sie waren doch regelmäßig zusammen im Urlaub gewesen. Letztes Jahr vier Wochen lang auf Sizilien. Mama hatte unbedingt die Kirche San Nicolò anschauen wollen, in der die schöne Apollonia und Michael Corleone aus der Verfilmung des *Paten* getraut worden waren. Florentine überlegte. Warum planten ihre Eltern eigentlich dieses Jahr keinen Urlaub?

Sie trank das Wasserglas aus und stand auf. Wie viele Bücher Mama hatte! Und zu Hause in der Wohnung ihrer Eltern standen sicher noch mal genauso viele. Hier im Häuschen hatte Mama all ihre Krimis in der Bücherwand untergebracht. Florentine ging an der Regalreihe entlang. Alphabetisch sortiert, von Adler-Olsen, der eher Thriller schrieb, bis zu Minette Walters war alles vorhanden, was Rang und Namen hatte.

»Willst du dir Inspiration holen?«

Erschrocken fuhr Florentine herum.

Ihre Mutter stand mit nackten Füßen vor ihr. Sie lächelte, aber unter ihren Augen bemerkte Florentine dunkle Schatten. Sie schüttelte den Kopf. »Nein. Ich hab es wirklich versucht. Aber es kommt nichts Gescheites dabei heraus. Ich werde wohl bei meinen Liebesromanen bleiben. Oder ...«, sie zögerte, »zuerst einmal schreibe ich Artikel für die Zeitung. Dann sehe ich weiter.«

Mama fuhr sich mit der Hand durch die Haare. »Hast ja recht. Man sollte ein Problem nach dem anderen lösen. Und mit Geldproblemen ist nicht zu spaßen. Übrigens, ich leihe dir gerne was. Ja?« Sie umarmte Florentine, und diese Umarmung fühlte sich anders als sonst an. Vorsichtig, als wolle ein Kind Schutz bei ihr suchen.

»Was ist passiert, Mama?«, fragte Florentine, als ihre Mutter sie wieder losließ. »Ist was mit Papa und dir?«

»Wie kommst du denn da drauf?« Ihre Mutter drehte sich um und räumte mit langsamen Bewegungen die Lebensmittel in Küchen- und Kühlschrank, und gerade, als Florentine das Gefühl hatte, Mama wollte reden, drang von draußen Kindergeschrei zu ihnen herein.

»Eddie!« Florentine hörte zuerst Emmas hohe Stimme, dann die von Leon und zuletzt kam ein verzücktes Kreischen von Paulchen.

»Oh, die Kinder!« Mama klang schon fast wieder wie immer. Sie eilte nach draußen.

Florentine ging ihrer Mutter hinterher und stand gleich darauf vor drei aufgeregt durcheinanderplappernden Kindern und ihrer Freundin Pia, die ein verschmutztes T-Shirt in der Hand hielt. »Leon hat gespuckt. Aber macht ja nichts, es ist ja warm. Kann ich mir kurz die Hände waschen? Dann bin ich auch schon weg.«

Sie spielten mit den Kindern Ball, und Mama stellte ein Planschbecken für Paulchen auf. »Hab ich noch von euch aufgehoben«, sagte sie zu Florentine und schaute schon wieder verschmitzt.

Paulchen war völlig begeistert. Er spritzte im Wasser herum und bewässerte die Blumen von oben mit Mamas Gießkanne.

Die Zwillinge rannten mit Eddie um die Wette, ließen ihn den Ball holen, spielten am Neckarufer und machten die Schrebergartensiedlung unsicher. Am späten Nachmittag verschlangen sie begeistert Mamas Linsen und Spätzle, obwohl es fast dreißig Grad warm war und Florentine dieses Gericht früher nur als Winteressen kannte, weil es so sehr im Magen lag. Sie waren so beschäftigt, dass sich kaum eine Gelegenheit ergab, ein weiteres ernsthaftes Wort zu wechseln. Immer wieder kam eines der Kinder dazwischen. Mama schien das recht zu sein. Denn wenn Florentine Fragen stellte, lenkte sie ab. Sie wollte nicht über Papa reden und erzählte ihr, als sei das völlig belanglos, dass ihre Bekannte, Doro Singer, hinter dem Anschlag auf Frau Habermann steckte.

Florentine war völlig perplex. Diese nette freundliche Frau, die Herrn Birnbaum im Rollstuhl herumschob und mit den Alten im Pflegeheim Spielenachmittage veranstaltete? Wie konnte das sein? Und warum hatte Mama Pia nicht sofort davon unterrichtet? Pia musste das doch wissen. Sie sollte den Fall doch aufklären. Aber ihre Mutter bat sie inständig darum, nichts zu Pia zu sagen. Sie wolle zuerst noch einmal mit ihrer Bekannten reden.

Gegen 19 Uhr holte Pia die Kinder ab. Mama strahlte wieder und knuddelte die Kinder zum Abschied. Sie erwähnte noch, dass ihre Bekannte gleich vorbeikommen wolle. Dabei schaute sie Florentine scharf an.

Auf dem Heimweg am Neckarufer rief Florentines Freundin Stina aus Schweden an. Sie war völlig aufgelöst und hatte Neuigkeiten von Lars. »Der muss Hals über Kopf abgehauen sein«, begann Stina, und Flo verstand, wie so oft, erst einmal nichts.

»Wer denn?«, fragte sie.

»Lars. Das glaubst du nicht! Ich bin vorhin an der Surfschule vorbeigegangen, und da stand ›Geschlossen‹ dran. Jetzt, mitten im Sommer, in der Hochsaison.«

»Das gibt's doch nicht.« Die Surfschule war doch sein Traum gewesen.

»Ich hab ne Bekannte angerufen, die bei der Bank arbeitet. Lena Andersson, vielleicht kennst du sie.«

Florentine konnte sich nicht an eine Lena erinnern. »Und wusste die etwas von Lars?«

»Ja. Sie sagte, er habe die Surfschule vor zwei Tagen verkauft und sein privates Konto aufgelöst.«

»Was?«

»Ich bin dann an der Wohnung seiner Freundin in der Hamngatan vorbeigegangen«, sagte Stina. »Sein Name stand nicht am Klingelschild, nur der seiner Freundin.«

Florentine war stehen geblieben. Eddie hatte sein Häufchen gemacht. Sie hielt das Handy in der einen Hand, Eddies Leine in der anderen und konnte es nicht fassen. Lars war getürmt. Hatte die Surfschule verkauft, das Geld eingesackt und war verschwunden.

»Kacke aufheben!«

Erschrocken fuhr Florentines Kopf herum, und sie konnte gerade noch rechtzeitig einem in ein schwarz-gelbes Trikot gekleideten Mann ausweichen, der mit seinem Rennrad an ihr vorbeirauschte.

»Flo? Bist du noch da?«

»Klar. Ich …«

»Du musst das Ganze sicher erst verdauen. Wie viel hat er denn bisher zurückgezahlt?«

»Keine Ahnung. Vielleicht 600 Euro.«

»Oh. Shit!«

»Und dann noch was.« Stina räusperte sich. »Das hatte ich dir noch nicht gesagt, weil du vor deinem Umzug so fix und fertig warst. Aber ...«

»Was?«

Sie zögerte noch immer. Dann sagte sie: »Diese Freundin von Lars oder Ex-Freundin, diese Elsa, die ist gar nicht schwanger.«

Nein, das konnte nicht sein! Florentine ließ Eddies Exkremente liegen und ging mit langsamen Schritten weiter. Das war nicht möglich. Deshalb hatte er sie doch verlassen. Die Schwangerschaft war doch der Grund gewesen.

»Ich kann sie doch nicht alleine lassen, mit einem Kind«, hatte er gesagt und sie mit seinen dunkelblauen Augen angeschaut.

Und sie hatte ihn so gut verstanden. Nein, das konnte man nicht machen. Man ließ eine schwangere Frau nicht sitzen.

»Flo?« Von Weitem hörte Florentine ihren Namen.

»Flo? Bist du noch dran?«

Wie in Zeitlupe hob sich ihre Hand in Richtung Ohr.

»Ja, klar. Ich bin noch da.«

»Es tut mir so leid, Flo.«

Mit schleppenden Schritten ging sie weiter. Ihre Gedanken kreisten. Um Lars, der sie belogen und betrogen hatte, um das Geld, das sie nie mehr wiedersehen würde. Um ihre Eltern, die sich nicht vertrugen, und um diese Doro, die Frau Habermann niedergeschlagen hatte. Nein, das war alles zu viel für sie.

Gerade als sie mit Eddie erschöpft die Stufen zu ihrer Wohnung hochging, kam Mattis aus seiner Wohnungstür. Er lächelte sie an und fragte, ob sie Lust hätte, morgen Abend mit ihm was zu trinken.

Sie war völlig perplex. »Tut mir leid, aber ich hab keine Zeit. Ich ... ich muss auf eine Veranstaltung, einen Artikel schreiben und ...«

Er stand bedröppelt da. Sagte nur: »Alles klar. Dann ... vielleicht ein anderes Mal«, und ging in seine Wohnung.

Sie ließ sich auf einen Küchenstuhl fallen. Warum nur hatte sie ihn abblitzen lassen? Aber sie war so enttäuscht gewesen, als sie Mattis mit der attraktiven Frau gesehen hatte. Nein, sie würde sich von keinem Mann mehr verscheißern lassen. Das war endgültig vorbei. Und doch. Mist, Mist, Mist! Flo schaute auf ihren kleinen Eddie, der zu ihren Füßen lag und leise vor sich hin schnarchte. Sie setzte sich zu ihm auf den Boden und streichelte über sein kleines Köpfchen.

Eddie öffnete die Augen und schaute sie verschlafen an.

»Tja, Eddie, das war's dann. Ich hab alles vermasselt.«

Sie griff nach dem kleinen pelzigen Knäuel, hob Eddie auf den Schoß und drückte ihn an sich. Aber er wehrte sich, sprang davon und verzog sich in ihr Schlafzimmer.

Florentine heulte.

25

Sylvia

SIE HATTEN BEREITS ZWEI Flaschen Lauffener Schwarzriesling intus. Doro hatte sie mitgebracht, und sie becherten den Wein in kürzester Zeit weg. Danach kamen sie zu den harten Sachen.

»Zwetschenschnaps, fünfzehn Jahre alt. Hat mein Onkel Heinz noch selbst gebrannt. Und der war Spezialist im Schwarzbrennen!« Doro lachte ihr lautes ansteckendes Lachen, prostete Sylvia zu, und sie stimmte ein. So gut, dass sie all ihren Ärger über Joe mit Doro verdrängen konnte. Heute Vormittag hatte sie *Ediths Tagebuch* fertig gelesen. Ein großartiger Roman über den ganz normalen wahnsinnigen Alltag einer amerikanischen Frau. Irgendwann war Ediths nichtsnutziger Sohn erwachsen, und ihr Mann hatte sich eine jüngere Frau gesucht und mit ihr ein Kind bekommen. Sylvia konnte Edith, die sich in ihrem Tagebuch ihr Leben schön schrieb und positive Geschehnisse notierte, die niemals passiert waren, so gut verstehen. Heute Morgen, als sie auf ihrer Hollywoodschaukel gesessen war, hatte sie nicht mehr aufhören können zu lesen, und war völlig abgetaucht in Ediths Leben und deren unheilvolles Schicksal. Hatte Joe eine andere Frau? Sie konnte es sich immer noch nicht vorstellen. Doch warum hatte er ihr so frech ins Gesicht gelogen? Sylvia kippte den Zwetschgenschnaps hinunter. Sie wollte Joe und seine Eskapaden vergessen, und mit diesem köstlichen Gesöff und Doros ansteckender Laune sollte ihr das hoffentlich gelingen.

Langsam verbreitete sich ein wohlig warmes Gefühl in ihr. Jetzt würde sie Doro fragen, warum sie Frau Habermann in der Waschküche niedergeschlagen hatte. Es dämmerte. Ein paar Krähen hatten sich zum Schlafen in die alte Kastanie zurückgezogen. Sylvia bückte sich, schnappte sich Feuerzeug und Kerze, die auf dem Boden lagen, und zündete den Docht an. Sie stellte die brennende Kerze auf eine alte Baumscheibe, die Pias Kinder heute am Neckar gefunden hatten. Das Kerzenlicht verbreitete ein warmes Licht. Sylvia schaute Doro in die Augen.

Doro stellte ihr leeres Schnapsglas auf die Apfelkiste, und Sylvia bemerkte ihren glasigen Blick. Wahrscheinlich sahen ihre eigenen grünbraunen Augen nicht anders aus.

Ihre alte Bekannte schluckte und räusperte sich. »Okay, ich weiß, was du wissen willst«, sagte sie und rutschte ein paar Zentimeter von ihr weg. Sie legte die Hände in ihrem Schoß zusammen. »Es war keine Absicht gewesen, aber ... ich hatte an diesem Tag noch mal ein Gespräch mit Herrn Adam. Ich wusste ja schon, dass Frau Habermann ihn angezeigt hatte. Wegen der Rampe. Zudem hat sie versucht, weitere Mitbewohner auf ihre Seite zu bekommen. Bei mir war sie auch gewesen. Diese Frau ist so hinterhältig und fies ...«

Sylvia bemerkte, dass sich Doros rosiger Teint ins Dunkelrote verfärbte.

»Sie führt nicht nur einen Prozess gegen Herrn Adam, sondern macht ihm auch sonst den Alltag schwer. Er hat mir erzählt, dass in den letzten Wochen sein *Mindringer Bote* mindestens einmal die Woche nicht in seinem Briefkasten liegt. Bei allen anderen kam die Zeitung pünktlich wie immer, bei ihm fehlte sie. Er hat sich dann etliche Male bei der Zeitung beschwert, aber es hat nichts genützt. Die Zeitungsbotin wurde befragt, hat aber jedes Mal bestätigt, dass sie die Zeitung ganz sicher eingesteckt hätte. Es gab ja auch keinen Grund, warum sie gerade Herrn Adams Exemplar vergessen sollte. Anfang letzter Woche hat er dann Frau Habermann ertappt. Er kam morgens vom Markt zurück und hat sie dabei beobachtet, wie sie draußen vor dem Haus seine Zeitung aus dem Briefkasten nahm und unter den Arm klemmte.«

»Hat er sie darauf angesprochen?«

»Natürlich. Aber sie hat irgendeine Ausrede gehabt. Und letzte Woche, da war Frau Habermann mit der Kehrwoche dran. Herr Adam hat bemerkt, dass vor seiner Wohnungstür Seife auf dem Boden verschmiert war. Er hat sie angerufen, und da hat sie gesagt, sie würde ihn raus bekommen. Sie hätte noch ganz andere Dinge auf Lager. Und irgendwie ...« Doro schnappte sich die Schnapsflasche und schenkte sich ihr Glas voll. »Du auch?«, fragte sie Sylvia.

Diese nickte.

»Und noch mal Prost!«, sagte Doro, trank, schüttelte sich und fuhr fort. »Dann ist bei mir die Sicherung durchgebrannt. Ich wollte an diesem Abend einen Zwetschgenkuchen backen, für den Spieleabend im Altenheim. Es gab gerade die ersten Frühzwetschgen, und ich hab mein blödes Nudelholz nicht gefunden.«

Das gab es nicht. Doro hatte Frau Habermann mit einem

Nudelholz niedergeschlagen? Sylvia grinste, und Doro fuhr fort.

»Und da ich Frau Balthasar vom Nachbarhaus gut kenne, habe ich sie angerufen und gefragt, ob ich ihres ausleihen könnte. Ich hab das Nudelholz geholt. Ich also zurück und sehe von außen Licht in der Waschküche. Frau Habermann, die gerade ihre Wäsche in die Trommel stopft. Und ich war immer noch so geladen durch das Gespräch mit Herrn Adam, ich also die Treppe runter, hab das Licht in der Waschküche ausgeschaltet und zack ...«

»Du hast sie einfach umgenietet?« Sylvia grinste Doro an und trank ihr Schnapsglas in einem Zug leer.

Doro tat es ihr gleich. Sie nickte. »Hab ich. Ohne zu überlegen. Ein Schlag auf den Hinterkopf, wieder raus aus der Waschküche, rauf in meine Wohnung. Gott sei Dank hab ich niemanden getroffen.«

»Und dann?«

»Dann musste ich kurz verschnaufen, hab das Nudelholz gewaschen und den Teig damit ausgerollt.« Doro stellte ihr Glas auf der Kiste ab. »Ich kann dir sagen, mein Puls raste. Und gerade, als mir bewusst geworden war, was ich getan hatte, und ich noch mal runter in die Waschküche wollte, hab ich die Sirenen vom Krankenwagen gehört.«

Sylvia merkte, wie es langsam in ihrem Kopf anfing zu kreiseln. Sie nahm die Schnapsflasche, trank einen Schluck und kicherte. Wie krass! Schließlich prustete sie los. »Du hast sie einfach umgenietet, diese widerliche Frau!«

Doro nahm ihr die Flasche aus der Hand, trank auch einen Zug und grinste sie an. »Genau! Hab ich gemacht. Und ... dann bin ich runter, wie meine Mitbewohner, und hab geschaut. Und ... hab gehört, dass es nicht so schlimm ist. Das mit deiner Florentine hab ich gar nicht mitbekommen. Und ...« Doro hob den Zeigefinger und grinste, »dann hab ich gesehen, wie die Sanitäter Frau Habermann kaum auf der Bahre halten konnten.«

»Weil sie so fett ist!« Sylvia lachte laut.

»Fett und fies!« Doro schlug sich auf den Schenkel.

»Aber du hast ihr eins ausgewischt.«

»Hab ich!«

»Und jetzt?«

»Was jetzt?« Doro hickste und hielt sich die Hand vor den Mund.

»Herr Adam?«

Doro zuckte entschuldigend die Achseln. »Hat nix gebracht. Sie prostschesch ...« Doro hickste noch einmal. »Sie procsshechiert weiter!«

»Kack!«, sagte Sylvia.

»Du sagst es!«, sagte Doro.

»Dann müssen wir uns was anderes überlegen«, sagte Sylvia und merkte, dass dieser Satz viel zu lang für ihre Zunge war.

»Müssen wir!«, sagte Doro.

»Machen wir«, sagte Sylvia, »isch helf dir dabei«, und legte den Arm um ihre Freundin.

»Sylvie?«

Sylvia nickte.

»Isch musch dir noch was geschtehen.«

26

Pia

»NA, ALLES KLAR?« ALEX, Pias Kollege, kam pünktlich wie immer um 7.59 Uhr zur Tür herein. Er zog die Dienstjacke aus, ließ sich auf seinen Schreibtischstuhl fallen, grinste etwas schief und schaltete den PC an.

»Morgen.« Pia nickte. Was sollte sie darauf erwidern? Fall Klausner nicht gelöst, Fall Habermann nicht gelöst, einen Streit zwischen einem jungen behinderten Mann und dessen Mutter halbwegs gelöst. Zumindest schienen sich die beiden wieder so weit zu vertragen, dass sie unter einem Dach weiterleben konnten. Und ihr privater Fall mit den beiden Jungs, von dem Alex nichts wusste, hatte sich zugespitzt. Pia hatte immer noch die schrille Stimme von Frau Klausner im Ohr, die sie gestern Abend angegiftet hatte: »Wie können Sie es wagen ...« Sie seufzte und schenkte sich einen Kaffee an der Küchenzeile ein. »Willst du auch einen?«

Alex schüttelte den Kopf. »Ne, heiß geht nicht.«

»Tut's immer noch weh?«

Er winkte ab. »Hab mich am Wochenende von meiner Freundin bedienen lassen. Lag die ganze Zeit mit nem eisgekühlten Tuch an der Backe auf dem Sofa. Na ja, irgendwann hat sie dann gesagt, ich solle mich nicht so anstellen. Du kennst doch Marlies.«

Ja, einmal hatte ihn Marlies von der Arbeit abgeholt. Eine forsche Krankenschwester, die Alex' Wehwehchen sicher nicht so ernst nahm, wie er das gerne hätte. »Die Spritze hat mich echt umgehauen.« Alex holte eine Flasche Wasser aus seiner Schreibtischschublade und trank einen großen Schluck. »Und dann war es noch so heiß, draußen wie drinnen. Meine ganzer Mund tat weh, und ich hab nur noch geschwitzt. Marlies meinte, wenn ich nicht mindestens fünf Kilo abnehme«, er klopfte dabei auf seinen nicht zu übersehenden Bauch, »dann heiratet sie mich nicht.«

»Und. Nimmst du ab?« Pia setzte sich ihm gegenüber und lächelte.

»Das überlege ich mir noch mal sehr gründlich.« Alex lachte auf, hielt sich aber gleich darauf den Mund. »Boa. Tut echt weh.«

Pia wusste, dass Alex seine Freundin auf Händen trug. Für Marlies würde er alles tun, sogar abnehmen. Es war ja schon mal ein Anfang, dass er Wasser und keine Cola trank.

»Dann darfst du dich heute noch mal erholen. Bernd und du, ihr macht Geschwindigkeitskontrollen in der Kautstraße und später in den kleinen Dörfern rund um Mindringen. Und ich versuche weiter mein Glück mit Madame Klausner und dem Fall Habermann.«

»Okay, Boss.«

»Bernd tankt gerade, er ist sicher gleich da.«

Alex stand auf, schnappte sich Jacke und Mütze und schloss die Tür hinter sich.

Pia starrte auf den Bildschirm und las zum x-ten Mal die Aussagen von Frau Klausner und einiger Zeugen durch. Aber sie konnte kein Tatmotiv erkennen, außer, dass diese Frau äußerst unangenehm war und sicher vielen Menschen in ihrer Umgebung auf die Nerven ging. Auch die Aussage eines Mannes, den sie gestern nach dem leidigen Gespräch mit Frau Klausner aufgesucht hatte, hatte keinen konkreten Hinweis erbracht. Er hatte nur gesagt, dass Frau Klausner im Moment von vielen Leuten gehasst würde, weil sie den Menschen, die es am nötigsten hatten, Hilfe verweigerte. Er spielte damit auf die *Mindringer Tafel* an und die Hilfsbedürftigen, die auf kostenlose Lebensmittel angewiesen waren.

Aber sie konnte doch nicht alle Lebensmittelberechtigten durchgehen und befragen. Das wären ja unzählige Menschen. Die *Mindringer Tafel* war auf alle Fälle seit letzten Samstag geschlossen. Angeblich wegen Rattenbefall. Aber ob das stimmte, das hatte der Mann bezweifelt.

»Wissen Sie, Frau Klausner ist Sozialchefin und ihr Mann einer der wichtigsten Männer bei Geller. Wenn sie etwas will, bekommt sie es auch. Und die Tafel war ihr schon immer ein Dorn im Auge. Ihrer Meinung nach sind Menschen, die sich nicht selbst ernähren können, Loser.«

»Warum hat denn Frau Klausner den Posten als Sozial-chefin bekommen?«, hatte Pia gefragt. Sie erinnerte sich, dass vor zwei Jahren der alte Sozialchef in Ruhestand gegangen war und es schnell feststand, mit wem die Stelle besetzt werden würde.

»Warum wohl? Das läuft wie überall. Beziehungen.«

Was sollte sie mit dieser Aussage anfangen? Frau Klausner war eine schreckliche Person, sie war einflussreich, und sie hatte sicher viele Feinde. Pia selbst nicht ausgenommen. Aber würde sie deshalb deren Auto demolieren? Pia seufzte. Sie sollte noch mal aufs Rathaus und mit Kollegen und

Kolleginnen der Dame reden. Aber würden ihre Mitarbeiter sich trauen, etwas Negatives über sie zu sagen? Oder würde gar jemand eine Aussage machen, wenn er oder sie wüsste, wer den teuren Mercedes von Frau Klausner demoliert hatte?

Pia wechselte zur nächsten Akte. Fall Habermann. Klar war bisher nur, dass die Frau mit einem harten Gegenstand niedergeschlagen worden war. Aber in der Waschküche oder in der Nähe der Waschküche war kein Gegenstand gefunden worden, der mit dem Tathergang zu tun haben könnte. Warum auch? Pia schüttelte den Kopf. Wenn sie jemanden niederschlagen würde, würde sie sicher keine Tatwaffe am Tatort liegen lassen. Herr Adam, der behinderte Mann im Rollstuhl, konnte nicht der Täter sein. Vielleicht wäre er noch die Treppe nach unten gekommen. Aber dann, die schwere Waschküchentür. Und er hätte niemals so schnell auf Frau Habermann zugehen und sie niederschlagen können. Die Frau hätte Herrn Adam als Täter sofort erkannt. Er schied also aus. Pia las weiter. Beliebt schien Frau Habermann im Mehrfamilienhaus nicht zu sein. Was Pia bei ihren Verhören zumindest unterschwellig mitbekommen hatte, war, dass niemand sie mochte und es keinem leidtat, was passiert war. Merkwürdig. Zwei Frauen wurden geschädigt, beide unbeliebt. Die Menschen um sie herum sind kaum dazu zu bewegen, eine Aussage zu machen. Als ob sie alle diese Taten zwar nicht gutheißen, aber dulden würden. Deckten die Befragten die Täter oder Täterinnen?

Es nützte alles nichts. Sie musste noch mal ran. Pia stellte das Telefon auf ihr Diensthandy um und griff nach ihrer Jacke. Ihr Blick auf die Uhr, Montagmorgen 9.05 Uhr, das Rathaus hatte geöffnet. Sie schloss das Revier und trat auf die Straße.

Sie ging über die Fußgängerampel und die wenigen Schritte Richtung Stadtmitte. Ihr Handy klingelte.

»Gerd Klausner hier.«

Pia schwante nichts Gutes.

»Ich war die letzten Tage auf Geschäftsreise und habe nur wenig mitbekommen, was zu Hause ablief. Aber auf alle Fälle ist die Sache mit unseren beiden Jungs geklärt. Philipp hat mir gegenüber zugegeben, dass er dem Mädchen Geld abgenommen hat. Meine Frau wird in der Sache nichts weiter unternehmen. Ihr Sohn, wie heißt er gleich noch mal …«

»Leon.«

»Es wird also kein Nachspiel für Leon geben. Und ich hoffe, dass das nicht wieder vorkommen wird. Zumindest habe ich ein sehr ernstes Wort mit unserem Sohn geredet. Und falls er doch noch mal Unsinn macht, wird das Konsequenzen haben.« Welche, das sagte Herr Klausner nicht. Aber das war ihr egal. Hauptsache die Angelegenheit war vom Tisch.

»Gut. Ich habe meinen Sohn auch davon überzeugen können, dass Gewalt keine Lösung ist. Es tut ihm leid, dass er Philipp geschlagen hat.« Pia fiel ein Stein vom Herzen. Und Leon würde sich sicher riesig freuen. Heute Morgen hatte es ihre ganze Überredungskunst gefordert, ihn dazu zu bewegen, in die Schule zu gehen, weil er Angst vor einer Bestrafung hatte.

»Das freut mich sehr«, sagte Pia noch und wollte schon auflegen.

Aber Herr Klausner redete weiter. »Und was die Sache mit dem Wagen meiner Frau angeht, ich … ich persönlich finde das nicht so dramatisch. Und ich bin davon überzeugt, das wird wieder aufhören, wenn sich meine Frau mit ihren, sagen wir mal, nicht sehr populären Entscheidungen im Rathaus zurückhalten wird.«

»Will sie denn die Anzeige zurückziehen?«

»Nein, nein, das nicht. Ermitteln Sie bitte weiter. Sie besteht darauf.«

»Alles klar!«

Herr Klausner verabschiedete sich und legte auf.

Puh, wenigstens eine Sorge weniger. Und Tommie würde auch beruhigt sein. Gestern Abend hatten sie lange miteinander telefoniert. Sie hatten sich beide entschuldigt und dann hauptsächlich über Leon und die Sache mit Philipp gesprochen. Ihre Idee mit dem Umzug hatte Pia tunlichst gemieden. Sie wollte keinen neuen Streit provozieren.

Fast schon beschwingt lief Pia die Stufen zum Vorzimmer des Bürgermeisters nach oben. Vielleicht könnte er ihr berichten, welch unpopuläre Entscheidungen seine Sozialchefin in letzter Zeit sonst noch getroffen hatte.

27

Florentine

WAS FÜR EIN MONTAGMORGEN! Nix ging. Florentine hatte keine Energie, war immer noch nicht angezogen, und an Kämmen oder Zähneputzen war überhaupt nicht zu denken. Wie schaffte Pia das nur? Sie hatte sicher schon lange die Kinder in die Kita und Schule gebracht, war im Polizeirevier und arbeitete an ihren Fällen. Das könnte sie nie. Sie war der absolute Morgenmuffel. Florentine schlürfte ihren Kaffee und las eine Whatsapp von Stina, in der sie schrieb, dass sie sich erkundigen würde. Vielleicht könnte sie herausbekommen, wohin Lars abgehauen war. Florentine warf ihr Handy auf den Küchentisch. Was sollte dabei schon herauskommen? Er war weg. Der Mann, mit dem sie über ein Jahr mehr oder – eigentlich eher weniger zusammengelebt hatte, war mit ihrem Geld durchgebrannt. Wie konnte sie nur so blöd sein!

Sie öffnete den Kühlschrank. Gähnende Leere. Außer Orangenmarmelade und einer angefangenen Packung Milch war nichts da. Aber zumindest hatte sie Sesamknäckebrot im Küchenschrank. Mit zwei dünn bestrichenen Marmeladebroten und einer Tasse Kaffee setzte sie sich auf ihr Balkonsofa. Es war kurz nach zehn Uhr morgens und bereits warm. Gut, dass ihr Balkon im Schatten lag. Sie legte die Beine auf einen Stuhl und biss in das Brot. Eddie kam zu ihr getrippelt. Was für ein Glück, dass der Kleine kein Frühaufsteher war. Florentine kannte Hundebesitzer, die um sechs Uhr morgens mit ihren Hunden Gassi gehen mussten. Ein Albtraum für Florentine!

Eddie schaute sie mit seinen großen Augen an.

»Ne, Marmelade bekommst du nicht. Das ist schlecht für deine Zähne.« Sie seufzte, stand auf und holte aus der Küche eine Kaustange für ihn, die er schwanzwedelnd entgegennahm.

Er legte sich mit der Stange neben ihre nackten Füße und kaute.

Florentine betrachtete ihren kleinen Freund. Zumindest für ihn hatte sie genügend Futter im Schrank. Vielleicht könnte sie Richard, ihren Chef bei der Zeitung, nachher anrufen und fragen, ob es einen Auftrag für sie gäbe. Er hatte zwar versprochen, sie anzurufen, wenn sich etwas auftun würde, aber es schadete sicher nicht, wenn sie sich selbst meldete. Dann könnte sie beiläufig fragen, ob sie einen Vorschuss bekäme. Vielleicht einen so hohen, dass sie damit ihre nächste Miete zahlen könnte. Mamas Angebot wollte sie auf keinen Fall annehmen.

Ihr Handy klingelte und riss sie aus ihren Gedanken. Hoffentlich nicht schon wieder Mama. Sie hatte keine Lust auf weitere Storys von deren Bekannten. Nein, sie würde gleich Pia anrufen und ihr berichten, dass Frau Habermann von dieser Doro Singer niedergeschlagen worden war. Dann hätte zumindest Pia einen Erfolg zu vermelden und würde bei ihrem Chef gut dastehen.

Bis sie in die Küche kam, hatte es aufgehört zu läuten.

Florentine schaute auf das Display. Ihr Vater. Sie drückte auf die Rückruftaste. »Hallo, Papa, du hast gerade angerufen.«

»Ja.« Seine Stimme klang niedergeschlagen. »Hast du deine Mutter in den letzten Tagen gesehen?«

»Ja. Warum? Du nicht?«

»Nein, hab ich nicht. Ich war in letzter Zeit öfter weg und ...«

»Habt ihr Streit?«, unterbrach Florentine ihren Vater und setzte sich auf einen Küchenstuhl.

Zuerst kam nichts. Dann hörte sie: »Ich habe deine Mutter angelogen, und jetzt ist sie so sauer, dass sie nicht mehr mit mir reden will.«

»Warum hast du denn gelogen?«

»Weil ... weil ich eine Überraschung für sie habe.«

»Aha. Ist das ein Grund, sie anzulügen?«

»Es war eine Notlüge.«

Meine Güte! Warum redete er so lange um den heißen Brei herum?

»Was ist das denn für eine Überraschung?«

Er antwortete nicht.

»Mann, Papa.« Was sollte das denn? Er benahm sich wie ein Kleinkind.

»Ich will nur wissen, wie es deiner Mutter geht und ob ihr über mich geredet habt.«

»Es geht ihr gut, und nein, wir haben nicht über dich gesprochen.«

»Das reicht mir schon.«

»Jetzt sag endlich, was ist das denn für eine Überraschung?«

»Überraschungen sind geheim.« Jetzt hörte sich ihr Vater schon wieder besser an. Seine Stimme klang fester.

Florentine seufzte. Papa war der netteste Mann, den

sie kannte. Aber manchmal konnte er ein genauso großer Dickschädel sein wie Mama.

Sie würde ihn anders aus der Reserve locken. »Mama hat doch nicht Geburtstag.«

»Nein. Aber wir haben bald Hochzeitstag.«

»Oh!« Florentine überlegte. Das genaue Datum hatte sie nicht im Kopf. Aber Juli, das stimmte. Und das Jahr. Die beiden hatten nach ihrer Geburt geheiratet. Das hatte Mama öfter erzählt. Damals ein Skandal in ihrem Dorf. Könnte es sein …? »Heißt das, ihr seid bald vierzig Jahre verheiratet?«

»Genauso ist es.«

Wow! So lange. Das würde sie nie schaffen. Sie, die es nicht mal schaffte, mit dem Mann auszugehen, den sie ungeheuer attraktiv und sympathisch fand.

»Rubinhochzeit nennt man das.«

»Okay.« Hatte sie schon mal gehört.

»Wie ich deine Mutter kenne, denkt sie nicht daran. Was ich gar nicht schlimm finde. Sie hat unseren Hochzeitstag schon öfter vergessen.«

Mama hatte noch nie Wert auf Festtage gelegt. Nicht mal ihren eigenen Geburtstag feierte sie gerne.

»Zumindest habe ich bisher immer daran gedacht. Und sie damit oft beschämt.« Er lachte auf. »Auf alle Fälle wollte ich sie diesmal richtig überraschen, aber dass sie so stur ist und nicht mal ans Telefon geht, wenn ich sie anrufe …«

»Du kennst doch Mama. Wenn sie beleidigt ist, ist sie beleidigt.«

»Schon. Aber sie könnte wirklich ein wenig nachdenken. Dann würde sie vielleicht draufkommen, dass mein Verhalten mit unserem Hochzeitstag zu tun hat.«

»Vielleicht denkt sie eher, du gehst fremd?« Florentine kicherte. Ihr Vater und fremdgehen. Das kam ihr völlig abwegig vor. Das müsste Mama doch genauso sehen. Er war der Familienmensch schlechthin. Hatte früher schon immer gerne gekocht. Ihr Vater kochte die besten selbst gemachten Spätzle, die sie kannte. Er hatte mit Florentine und ihren Geschwistern Fußball gespielt, obwohl es hier in Mindringen erst eine Mädchenfußballmannschaft gab, als Flo schon längst erwachsen war. Er war es, der immer auf Familienurlauben bestanden hatte ... Freute sich immer unbändig, wenn sie und ihre Geschwister zu Besuch kamen. Sie konnte sich einfach nicht vorstellen, dass ihr Vater seine Familie aufgeben und mit einer anderen Frau ... Aber warum eigentlich nicht?

»Fremdgehen. Nein, so blöd kann Sylvie nicht sein.«

»Mama ist eine Frau.«

»Aha! Das hab ich noch gar nicht bemerkt.« Jetzt lachte ihr Vater. »Na ja, ich war am Samstag im Schrebergarten, hab sie gesucht, aber Sylvie war nicht da. Sie wird sich schon wieder einkriegen. Außerdem hab ich noch viel zu tun, damit meine Überraschung fertig wird. Wenn du deine Mutter siehst, grüß sie von mir und sag ihr ...« Er stockte. »Nein, sag ihr nichts. Sie soll einfach selbst draufkommen, dass es eine Überraschung sein könnte.«

Hier kam er wieder durch, der Dickschädel.

»Wie geht's dir denn so?«, fragte er. »Hast du dich wieder gut erholt nach dem Schock in der Waschküche?«

Florentine ging mit dem Handy auf den Balkon. Eddie war mit seinem Knochen fertig und schaute sehnsüchtig durch die Ritzen der Balkonstäbe. Er fiepte herzzerreißend. Seit ein paar Tagen waren wohl die Hündinnen in der Nachbarschaft läufig, und er heulte ihnen nach, wenn sie unten auf dem Neckarweg entlangliefen. Florentine beruhigte ihren Vater, sagte, dass es ihr wieder gut gehe, und erzählte ihm von ihren erfolglosen Versuchen, einen Krimi zu schreiben. Sie berichtete von ihrem Artikel beim *Mindringer Boten*, den er natürlich gelesen hatte, und gerade, als sie sich überlegte, ob sie ihm von Doro Singer erzählen sollte, klingelte es an ihrer Wohnungstür. Wer könnte das sein? Florentines Blick fiel auf ihr kurzes Nachthemd mit den Spaghettiträgern und ihre nackten Füße.

Eddie raste an ihr vorbei.

Sie entschuldigte und verabschiedete sich kurz von ihrem Vater, rannte Eddie hinterher und öffnete die Wohnungstür. Mattis stand vor ihr, und sie wusste genau, wie sie aussah: verstrubbelt, verschlafen und nicht salonfähig.

Mattis grinste ein wenig, hob eine Bäckertüte hoch und sagte: »Schokoladencroissants. Ich hoffe, du magst ...«, als Eddie an ihren Füßen vorbeischoss. Der kleine Hund sprintete die Stufen nach unten, Florentine barfuß hinterher. »Eddie, bleib stehen!«, schrie sie.

Mattis rannte ihr nach.

Sie hörte Stimmen, unten an der Haustür. Oh, die Tür würde hoffentlich nicht offen stehen. »Eddie! Stopp!« Aber Eddie war nicht aufzuhalten. Florentine sprang aus der Tür und sah, wie ihr liebeshungriger Kleiner um die Ecke des Wohnhauses schoss und Richtung Neckarweg verschwand.

Mattis stand hinter ihr. In der Hand seine Brötchentüte. »Tja, das wird wohl nix mit frühstücken«, sagt er und grinste sie schief an.

»Nein, das wird nix.«

28

Sylvia

AM SONNTAG HATTE SICH Sylvia fest vorgenommen, Joe anzurufen. Er hatte es so oft auf ihrem Handy probiert, aber sie war nie drangegangen. Doch was brachte ihr Gezicke? Er sollte ihr erklären, warum er am Freitagabend so spät nach Hause gekommen war. Und nicht nur das. Sie wollte endlich wissen, warum er ständig unterwegs war?

Jedoch war immer etwas dazwischengekommen. Zuerst war Florentine bei ihr aufgetaucht, dann Pia und die Kinder. Was sie sehr gefreut hatte. Sie hatte es genossen, mit Paulchen zu spielen. Schade, dass sie keine Enkel hatte. Kaum hatte sie am Abend das Gröbste aufgeräumt und das Geschirr vom Essen gespült, war Doro gekommen. Und geblieben. Und wieder hatte sie ihr Gespräch mit Joe verschoben. Doro und sie hatten großen Spaß miteinander gehabt und so viel getrunken, dass sie Joe und den Ärger mit ihm vergessen hatte. Und jetzt konnte sie Joe auch nicht anrufen. Zum einen war sie immer noch leicht angedüdelt, zum anderen war Doro noch hier bei ihr, denn sie hatte auf der Behelfsmatratze übernachtet, die sie in einer Ecke ihrer Hütte deponiert hatte. Es war gestern Abend – oder besser heute Morgen – zu spät zum Nachhausegehen gewesen, und Sylvia hatte ihr angeboten, bei ihr zu übernachten.

Jetzt hatten sie gefrühstückt und saßen mit Block und Stift auf der Hollywoodschaukel und schmiedeten Pläne. Denn Sylvia war völlig begeistert von Doros Ideen. Doro hatte recht. Was brachte das ganze Demonstrieren, wenn sich nichts änderte? Und wenn sich nichts änderte, musste man selbst etwas tun. Kleine Dinge, Kavaliersdelikte. Na ja, das Zusammenschlagen von Katja Habermann konnte man nicht als Kavaliersdelikt bezeichnen. Aber das war ja auch mehr oder weniger ein Versehen gewesen. Sozusagen eine Tat aus dem Affekt heraus. Und der Frau ging es ja wieder gut. Zudem hatte sie es verdient. Aber diese kleinen Sachbeschädigungen an Frau Klausners Mercedes, das hatte was. Bewundernd schaute Sylvia ihre Freundin von der Seite an. Das hatte sie der ehemaligen Sozialkundelehrerin nicht zugetraut. Doro hatte ihr erzählt, wie sie zuerst den Lack mit ihrem Hausschlüssel beschädigt hatte. Danach war der Spiegel dran gewesen. »Hat ganz schön lang gedauert«, hatte Doro gesagt. »Aber ich hab's geschafft.«

»Aber die Sache mit der Luft im Reifen, von der Flo dir erzählt hat, das war ich nicht. Diese leidige Klausner muss noch anderen Leuten ein Dorn im Auge sein.« Doro hatte gelacht.

Und jetzt saßen sie hier und überlegten sich, einen Drohbrief an eine weitere Frau zu schreiben, von der ihr Doro gerade erzählte.

»Diese Frau hat einen Mann beklaut. Kannst du dir das vorstellen?«

Sylvia schaute sie bestürzt an.

»Sie nützt die Hilflosigkeit eines Mannes aus, der seine Geschäfte nicht mehr selber erledigen kann und stiehlt das

Einzige, was er von seinen Eltern geerbt hat. Zwei australische Goldmünzen im Wert von 2.500 Euro.«

»Ist der Mann sich denn ganz sicher, dass ihn seine Berufsbetreuerin bestohlen hat?« Sylvia trank einen Schluck Wasser.

Doro nickte. Er hat es mir auf unserem Psycho-Stammtisch erzählt.

»Psycho-Stammtisch?« Sylvia grinste.

»Ja, hab ich dir doch erzählt. Einmal die Woche kümmere ich mich um Leute, denen es nicht gut geht. Wir haben einen Stammtisch, und Marco hat es mir anvertraut, als wir unter vier Augen reden konnten.«

»Und du bist dir hundertprozentig sicher, dass er die Wahrheit sagt?« Sylvia hatte keine Vorurteile gegenüber Menschen mit Problemen, egal welcher Art. Aber konnte es nicht sein, dass dieser Mann alles erfunden hatte?

»Ich kenne Marco schon lange. Er ist absolut vertrauenswürdig. Bekommt Methadon, er ist fest entschlossen, clean zu werden. Er würde mich nicht anlügen. Warum auch? Ein Foto von den Münzen hat er mir auch gezeigt.«

»Hat er denn gesehen, dass die Frau ihn bestohlen hat?«

Doro nickte. »Aber sie hat es schlichtweg geleugnet und so getan, als ob er nicht ganz dicht im Kopf wäre.«

»Warum zeigt er sie denn nicht an?«

»Warum wohl?« Doro schaute sie an. »Weil ihm niemand glauben würde. Ein ehemaliger Junkie, der Hilfe bei allen Schriftsachen braucht. Den nimmt doch niemand ernst.«

Sylvia überlegte. »Okay, dann los! Wir drohen ihr zuerst ein wenig. Sagen ihr, sie soll die Münzen zurückgeben, dann wird ihr nichts passieren. Drei Tage hat sie dazu Zeit. Falls sie nicht reagiert, schreiben wir den zweiten Brief.«

Doro schaute sie von der Seite an. Sie grinste. »Als ob du das schon immer getan hättest.«

Sylvia grinste zurück. »Nur in Gedanken. Vor allem, wenn ich Krimis lese. Samstagabend hab ich *Ediths Tagebuch* ausgelesen. Ich kann dir sagen, was für eine bedrohliche Handlung. Ein Roman über eine Frau, die nicht mehr unterscheiden kann, was Realität und was Fiktion ist. Sie schreibt Dinge in ihr Tagebuch, die nie passiert sind. Dichtet ihrem nichtsnutzigen Sohn eine Karriere und eine glückliche Familie an. Dabei hängt er nur bei ihr im Haus ab und liegt ihr auf der Tasche. Und dieser Sohn bringt tatsächlich seinen bettlägerigen Onkel um und wird nicht dafür belangt. Kannst du dir das vorstellen? Was glaubst du, wie viele Morde es in unserer Gesellschaft gibt, die nicht aufgeklärt werden? Tot durch zufällig verabreichte Tabletten?« Sylvias Wangen glühten.

»Glaub ich auch. Aber jetzt schreiben wir erst mal einen Brief, der die Dame etwas erschrecken soll. Von Mord sehen wir vorerst ab.« Doros Augen blitzten unternehmungslustig.

»Wo wohnt sie denn?«

»In der Innenstadt, gleich neben der Sparkasse.

»Dann werden wir dem Briefkasten der Dame heute Abend einen Besuch abstatten. Denn ...« Sylvia lachte auf: »Eine geht noch!«

»Genau. Eine geht noch!«

29

Pia

»MAMA, ALLES GUT.« PIA schenkte ihrer Mutter ein wenig Weißwein nach. »Ich war nur so verblüfft oder ... keine Ahnung, erschrocken, als ich dich vor ein paar Tagen mit einem fremden Mann im Bett gesehen habe.«

»War ja auch blöd, ihn dir vorzuenthalten. Ich kenne Kurt ja schon mindestens ein halbes Jahr.«

Pia nippte an ihrem Weinglas. Sie war völlig erschöpft. Was für ein Tag, mal wieder. Urlaub, das wäre es jetzt!

Im Rathaus hatte sie nichts Neues über Frau Klausner erfahren. Dann war sie zu einem Einsatz im Kindergarten gerufen worden. Ein Mädchen war durch ein Spielzeug am Auge verletzt worden. Es musste im Krankenhaus behandelt werden, und die heulende Erzieherin hatte eine Anzeige am Hals. Die Verletzung des Mädchens war aber harmlos. Also, alles gut. Pia hoffte, dass es auch für die Erzieherin glimpflich ausgehen würde.

Am Nachmittag dann ein Anruf eines Tabakladenbesitzers, bei ihm wäre eingebrochen worden. Er hatte ein offenes Kellerfenster bemerkt, Zigaretten seien gestohlen worden. Aber die Sache war schnell erledigt. Der vierzehnjährige Sohn hatte sich bedient und die Zigaretten verkauft. Die Mutter des Jungen war völlig aufgelöst gewesen. Pia hatte sich lange mit ihr unterhalten, bis sie sich wieder beruhigt hatte.

»Und wenn ich gewusst hätte, dass Tommie wegen seiner Prüfung nicht nach Hause kommen konnte, wäre ich natürlich nicht ins Allgäu gefahren«, unterbrach ihre Mutter sie in ihren Gedanken.

»Mama, wirklich. Ich hab's auch so geschafft.« Der Blick ihrer Mutter verriet ihr, dass sie ihr nicht glaubte. Nein, sie sollte etwas mehr auf sich aufpassen. Dieser permanente Schlafmangel und dann der Druck im Polizeirevier. Pia merkte, dass es zu viel wurde.

»Wann kommt Tommie wieder?«

»Diese Woche Donnerstag wiederholt er die Prüfung. Am selben Abend müsste er wieder da sein. Ist ja nicht so weit von Saarbrücken.« Eigentlich wünschte sie sich, dass Tommie ein zweites Mal durchfallen würde. Aber das konnte sie ihm nicht sagen. Das wäre auch ein harter Schlag für ihn. Doch im Grunde wäre es das Beste. Sie konnte sich Tommie nie und nimmer als Versicherungsvertreter vorstellen. Wie sollte er das hinbekommen? Ihr intelligenter Mann dachte stundenlang über die politische Verantwortung gegenüber Geflüchteten nach, er hirnte über die Rolle der Philosophie in der Frage der Sterbehilfe, aber er war doch nicht der Typ, der Leuten die x-te Versicherung verkaufte, die sie nicht brauchten.

»Du siehst müde aus, Pia.«

»Bin ich auch.« Sie fuhr sich mit der Hand über die Augen. Kurz überlegte sie. Dann sagte sie: »Mama, könntest du mir einen Gefallen tun?«

Pia hatte das Gefühl, sie müsste unbedingt nach draußen,

an die frische Luft. Es war ein lauer Sommerabend, die Kinder waren im Bett.

»Natürlich.«

»Ich mag nicht mehr reden. Ich bin völlig kaputt und würde gerne ein wenig spazieren gehen, allein.«

»Ich nehme das Babyphone mit zu mir rüber.«

»Das wäre klasse. Danke, Mama.« Sie lächelte ihre Mutter an, und die drückte ihr die Hand.

Wenige Minuten später schloss Pia die Haustür hinter sich zu. Es war gegen zehn Uhr abends. Die Sonne war untergegangen, es dämmerte. Pia trug eine helle Sommerhose und eine ärmellose, bunt gemusterte Bluse. Die Jeansjacke hatte sie sich über die Schultern gelegt. Sie genoss den warmen Südwind auf ihren nackten Füßen, die in Sandalen steckten. Was für eine Wohltat, ohne Polizeiuniform, nur in leichter Kleidung spazieren zu gehen. Sie lief Richtung Innenstadt. In der kleinen Fußgängerzone waren kaum Menschen unterwegs. Nur in einem Eiskaffee nahe der Kirche vergnügten sich ein paar Kunden. Pia vernahm Stimmengemurmel und Gelächter. Aus dem geöffneten Fenster eines Fachwerkhauses drang laute Heavy-Metal-Musik. Sie ging weiter und schnüffelte. Knoblauchgeruch. Lecker. Jemand kochte spätabends. Pias Magen grummelte. Sie hatte heute Abend, als sie mit den Kindern zusammen gegessen hatte, nur ein Knäckebrot mit Streichkäse zu sich genommen. Pia schlenderte weiter durch die Straße, betrachtete die Schaufensterdekoration der Optiker und schaute sich die neuesten Romane im Buchladen an. Wie lange hatte sie schon keinen Roman mehr gelesen? Das musste Monate her sein. Ihre Zeit und

Konzentration reichten höchstens für einen Artikel in einer Zeitschrift, den sie dann sofort wieder vergaß. Wie gerne würde sie ein paar Tage Urlaub machen. Faulenzen, sich um nichts kümmern. So lange ausschlafen, bis ihr der Rücken wehtun würde vom Liegen. Es musste kein Fünfsternehotel sein. Ein kleines Hotel mit Frühstück, ein Sonnenbalkon, Mittagessen an einem schattigen Plätzchen, ein Glas Weißwein dazu ... Pia seufzte. Dieser Gedanke war so weit weg von der Realität. Sie schlenderte weiter. Die Fußgängerzone war zu Ende, die Laternen wurden spärlicher. Hier am Rand der Innenstadt war nur noch die Sparkasse, daneben eine Apotheke und schließlich ein Orthopäde mit Ladengeschäft. Dann folgten Wohnhäuser. Pia wollte umdrehen, als sie plötzlich eine dunkle Gestalt mit Kapuze bemerkte, die an der Sparkassentür hantierte. Vorsichtig ging sie näher und hielt sich hinter einer Kastanie versteckt. Die Person hatte einen langen Gegenstand in der Hand. Ein Brecheisen? Was sollte das denn? Gebannt beobachtete Pia, wie die Person versuchte, die Tür aufzustemmen. Was für ein aussichtsloses Unterfangen! Jeder wusste doch, dass der Eingang einer Bank gesichert war. Entschlossen trat sie näher.

»Was machen Sie da?«, fragte sie mit lauter Stimme.

Die Person erschrak und drehte sich zu ihr um. Ein Mann stand ihr gegenüber. Etwas kleiner als sie selbst. Seine Augen wirkten angsterfüllt. Er kam ihr bekannt vor. Hatte sie ihn nicht erst gesehen? Kurz entschlossen zog Pia ihm die Kapuze vom Kopf. Der behinderte junge Mann, der sich mit seiner Mutter gestritten hatte.

»Ich wollte nur ...«, kam es leise aus seinem Mund. Er sprach nicht weiter.

»... die Bank überfallen, oder was?« Der Mann hatte nicht mal einen Rucksack dabei, nichts, nur die Brechstange, die er sich ohne Widerstand abnehmen ließ. »Sie wären doch nie hineingekommen.« Pia betrachtete den schmalen Mann, der wirkte, als ob er keiner Fliege etwas zu Leide zu tun könnte.

»Ich wollte den Alarm auslösen. Wollte, dass die Polizei kommt und mich rettet.«

»Bitte?« Pia verstand nichts. »Vor wem wollen Sie denn gerettet werden?«

»Vor meiner Mutter. Ich halte es nicht mehr aus mit ihr. Sie kommandiert mich herum. Ich darf nichts tun. Sie lässt mich nicht nach draußen. Aber vorhin habe ich mich rausgeschlichen. Ich ...«

Pia deutete auf die Holzbank, die unter der Kastanie stand. »Setzen wir uns?«

Er nickte und setzte sich neben sie.

»So, und jetzt erzählen Sie mal.« Aufmunternd sah sie ihn an.

Der Mann berichtete von seiner dominanten Mutter, die ihn behütete, als sei er ein Kleinkind. Dabei wolle er gerne selbstständig werden, sein eigenes Geld verdienen, in einer Wohngemeinschaft leben und ... Pia hörte zu und überlegte, wie sie ihm helfen könnte. Er weigerte sich, zu seiner Mutter zurückzugehen. Vielleicht könnte sie Paul anrufen, ihren ehemaligen Fahrlehrer, der vor fünfzehn Jahren auf Sozialarbeiter umgesattelt hatte und ein Wohnprojekt mit Behinderten leitete. Während sie überlegte und der junge Mann weiterredete, hörte sie Gekicher und Geflüster. Sie wurde aufmerksam. Ihr Blick ging nach links, Richtung Wohnhäuser, aber sie konnte nichts erkennen. Sie lauschte weiter. Eine der Stimmen kam ihr bekannt vor. War das nicht Flos Mutter? »Bleiben Sie bitte hier sitzen, Simon«, sagte sie zu dem Mann, dessen Name ihr wieder eingefallen war. »Ich komme gleich wieder.« Sie lief auf ein altes Stadthaus mit drei Etagen zu. Zwei Gestalten stiegen über ein Gartentürchen oder besser: Sie versuchten, darüber zu steigen. Sie schubsten und knufften sich gegenseitig. »Du zuerst«, hörte sie die Stimme wieder, die sich anhörte wie Frau Sommerfeld. Auch die Figur würde zu ihr passen. Klein für eine Erwachsene. Die andere Person, die ein Buch oder einen Umschlag in der Hand zu halten schien, war größer und korpulenter. Jetzt hatten die beiden es kichernd geschafft und gingen auf den Hauseingang zu. Eine Taschenlampe blitzte auf. Pia sah, wie die Briefkästen an der Außenfront angeleuchtet wurden. Irgendetwas stimmte hier nicht. Ohne Probleme hangelte sich Pia mit ihren langen Beinen über das Gartentürchen und stand gleich darauf neben Frau Sommerfeld und ... wie hieß die Bekannte von Flos Mama noch, Sänger, Singer ...? »Guten Abend, die Damen.«

Die beiden Angesprochenen zuckten zusammen und drehten sich erschrocken zu ihr um. »Alles in Ordnung?«, fragte Pia und deutete auf den Umschlag, den Frau Sommerfelds Begleiterin hinter dem Rücken versteckt hielt.

Eine nickte, die andere sagte: »Klar, alles okay.«

»Hallo, Pia«, sagte jetzt Frau Sommerfeld und versuchte, sie anzulächeln. Aber ihr Lächeln wirkte schief.

»Darf ich mal?«, fragte Pia und griff, ohne auf eine Antwort zu warten, hinter den Rücken der korpulenten Dame. Die schien etwas erschrocken zu sein oder angeheitert. Oder beides.

»Nein, nicht«, sagte Frau Sommerfeld. »Das ist nicht für dich bestimmt.« Ihre Stimme klang beschwipst. Waren die beiden betrunken?

Pia nahm den Umschlag und zog ein mit Großbuchstaben beschriebenes Blatt heraus. »1. Drohung« stand darauf. Verwundert schaute sie die beiden etwas bedröppelt wirkenden Damen an. Sie überflog das Geschriebene. Das durfte nicht wahr sein. Ein Drohbrief. Waren denn an diesem Abend alle verrückt geworden?

»Bitte kommen Sie mit!« Pia winkte den beiden zu und öffnete das Gartentürchen, das überhaupt nicht verschlossen war. Die beiden Frauen trotteten ihr nach und flüsterten sich dabei ständig etwas zu. Von Weitem bemerkte Pia ein eng umschlungenes Pärchen mit Hund auf sie zukommen. Sie blieb kurz stehen. Das gab es doch nicht. Das waren Flo und Eddie. Aber wer war der Mann, an den sich ihre Freundin so eng schmiegte? Pia kniff die Augen zusammen. Flos Mama lief ihr von hinten in die Sandalen.

»Tschuldigung«, sagte sie mit einer nicht ganz festen Stimme. »Warum bleibst du auch einfach stehen?«

»Mama?«

Pia hörte Flos helle Stimme und sah, wie ihre Freundin sich von ihrem Begleiter löste und mit eiligen Schritten, Eddie an der Leine, auf sie zukam.

»Was macht ihr denn hier?«, fragte Flo und schaute ihre Mutter und Pia erstaunt an.

»Und wer ist das?«, fragte Frau Sommerfeld mit brüchiger Stimme und deutete mit dem Zeigefinger auf Flos Begleiter. »Das ist nicht dein Lars, der dich beklaut hat, oder?«

Frau Sommerfeld grinste Frau Singer an.

»Oh, meine Tochter hat einen neuen Freund«, sagte Frau Sommerfeld zu ihr. Und zu Flos Begleiter, der jetzt verwundert näher gekommen war, sagte sie: »Angenehm, Sommerfeld.« Sie streckte ihm die Hand entgegen.

»Matthias, Mattis Zacharias. Auch angenehm.« Er lächelte belustigt.

»Mama, du bist ja betrunken.« Das war Flos entsetzte Stimme.

Frau Sommerfeld winkte ab und hängte sich bei ihrer Begleiterin ein, die die Lage stumm beobachtete.

Pia nahm die Sache in die Hand. »Okay, die Damen. Sie gehen jetzt nach Hause, ich behalte den Brief und morgen Vormittag um zehn Uhr kommen Sie zu mir ins Polizeirevier.«

»Alles klar«, sagte Frau Sommerfeld.

Frau Singer nickte.

»Welchen Brief denn?«, fragte Flo.

»Das erklärt dir deine Mutter sicher morgen, wenn sie etwas nüchterner ist. Gute Nacht.« Pia schaute über die Schulter, Richtung Kastanie. Dort saß Simon mit dem Brecheisen in der Hand.

30

Florentine

Es wäre ein so schöner Abend gewesen, wenn ihr Mama nicht alles vermasselt hätte.

Wütend saß Florentine an ihrem Küchentisch, in den Händen eine Tasse Kaffee. Die Rollläden waren heruntergezogen. Sie wollte keine Sonne sehen. Und dabei hatte alles so gut, na ja, oder wenigstens ganz gut angefangen.

Gestern Morgen, als Eddie weggerannt war, hatte Mattis ihr geholfen, ihn zu finden. Sie hatte sich angezogen, dann waren sie zusammen am Neckar entlanggelaufen und hatten Eddies Lieblingsplätze abgesucht. Aber er war und blieb verschwunden. Nach zwei Stunden, als sie schon völlig verzweifelt gewesen war, hatte ihr Handy geklingelt. Florentines Telefonnummer stand auf Eddies Halsband. Der Besitzer einer läufigen Labradorhündin berichtete, dass Eddie heulend und jaulend bei ihnen am Gartenzaun stand und nicht dazu zu bewegen war, wieder nach Hause zu laufen. Flo war überglücklich gewesen und hatte Eddie mit Mattis in dem drei Kilometer entfernten Dorf abgeholt. Und so hatten Mattis und sie am Nachmittag zusammen gefrühstückt. Sie war bei Mattis geblieben, sie hatten gequatscht, gelacht, Musik gehört und am Abend im Biergarten etwas Kleines gegessen. Und gerade, als sie einen Abendspaziergang durch die Innenstadt machen wollten, waren ihre betrunkene Mutter und deren Freundin dazwischengekommen. Oberpeinlich! Sie hatte sich so geschämt. Danach hatte ihr nicht mehr der Sinn nach einer gemeinsamen Nacht mit Mattis gestanden. Obwohl sie es sich so sehr gewünscht hatte.

Flo trank einen Schluck Kaffee und schüttete den Rest in die Spüle. Er schmeckte ihr nicht. Wie hatte sich ihre Mutter nur so daneben benehmen können? Und dabei hätte sie so gerne dieses neue kribbelnde Gefühl im Bauch auskosten und diesen lauen Sommerabend genießen wollen. Auch jetzt klopfte ihr Herz lautstark, wenn sie an Mattis dachte. Sie war verliebt, wie schon lange nicht mehr. Mattis war witzig, hatte so ein nettes, ansteckendes Lachen. Er liebte Musik, er war intelligent. Sie hatten über Politik geredet, über Essen und Reisen, die sie gemacht hatten. Mattis war durch seine Auftritte mit der Band in vielen Ländern gewesen, auch in Skandinavien. Und er war praktisch und unerschrocken. Und fürsorglich. Welcher Mann rennt schon mit einem durch die Gegend und sucht einen liebeshungrigen Hund oder putzt Hundekot weg, den eine verrückte Nachbarin einem vor die Füße geknallt hatte? Florentine lächelte vor sich hin.

Aber nein, sie musste etwas tun. Jetzt ging es darum, Mama aus der Patsche zu helfen. Egal, wie blöd sie sich verhalten hatte. Sie war ihre Mutter, und Florentine wollte nicht, dass sie schon wieder etwas mit der Polizei zu tun hatte. Auch wenn es nur die Mindringer Polizei war, und Pia diejenige, die Mama geschnappt hatte.

Vor einer Viertelstunde hatte Florentine Pia angerufen, und die hatte ihr erklärt, dass ihre Mutter und Frau Singer einen Drohbrief geschrieben hätten. Sie müsste die beiden anzeigen. Florentine hatte Pia gebeten, abzuwarten, aber Pia war nicht zu überzeugen gewesen. Sie wäre Polizistin. Das verstand Florentine. Aber ihre Mutter mit solch einer Anzeige am Hals, das ginge doch nicht. Vor allem nicht hier in Mindringen, wo jeder alles mitbekam. Flo überlegte. Diese unleidliche Sache hatte sicher Frau Singer zu verantworten. Sie war es ja auch gewesen, die Frau Habermann niedergeschlagen hatte. Aber das hatte sie Pia nicht erzählt. Florentine stand mit dem Rücken zur Spüle. Alles war so verworren.

Und gerade eben ihr Vater am Telefon. Mama war immer noch nicht zu Hause aufgetaucht. Flo war so sauer gewesen, dass sie ihm nur entgegengeknallt hatte: »Dann such sie doch auf der Polizei!«, und auflegte. Schließlich trug ihr dickschädeliger Vater mit Schuld daran, dass ihre Mutter solch einen Mist gebaut hatte. Florentine überlegte. Es musste doch möglich sein, Pia davon zu überzeugen, Mama und Frau Singer nicht anzuzeigen. Vielleicht würde sich Pia auf einen Deal einlassen. Florentine würde versuchen, Frau Habermann, wie auch immer, dazu zu bewegen, die Anzeige fallen zu lassen, und Pia würde im Gegenzug die Sache mit dem Drohbrief vergessen.

Die Gedanken schwirrten in ihrem Kopf. Was könnte sie tun, um ihre Mutter da rauszubekommen? Schließlich kam ihr eine Idee: Jeder Mensch hat doch eine gute und eine böse Seite. Wenn sie ihre Liebesromane schrieb, würde sie nie auf die Idee kommen, einer wichtigen Figur nur negative Eigenschaften zuzuweisen. Das wäre ja völlig unglaubwürdig. Nein, auch diese widerliche Frau Habermann musste eine gute Seite haben, und sie würde versuchen, sie jetzt auf der Stelle herauszufinden. Entschlossen zog Florentine die Rollläden nach oben.

31

Sylvia

»Bitte setzen Sie sich doch.« Pia zeigte auf die beiden Stühle vor ihrem Schreibtisch. Sylvia und ihre Freundin Doro nahmen Platz. Noch nie in ihrem Leben war sich Sylvia so blöd vorgekommen. Nicht einmal, als sie damals in Stuttgart demonstriert hatte und von der Polizei festgenommen worden war. Sie hatte sich ja auch für eine gute Sache engagiert. Aber jetzt? Ein Drohbrief an eine Frau, die angeblich einem jungen Drogenabhängigen Münzen gestohlen hatte. Angeblich. Sylvia war nicht mehr sicher, ob es stimmte, was Doro ihr über die Frau erzählt hatte. Sie schaute ihre Freundin an, die stumm und bleich neben ihr saß. Doro knetete die Hände in ihrem Schoß und atmete tief ein und aus. Und da saß sie, Sylvia, eine 68-jährige pensionierte Deutschlehrerin, und musste sich vor der Polizei für solch einen Mist verantworten. Was hatte sie nur geritten?

Pia setzte sich ihnen gegenüber. Fesch sah sie aus in ihrer Polizeiuniform, aber auch distanziert. Der Drohbrief lag auf Pias Schreibtisch. Sylvia sah die großen Buchstaben, die sie fein säuberlich in ihrer besten Schrift geschrieben hatte. Meine Güte, es war doch nichts passiert. Sie hatten den Brief nicht mal eingeworfen. Pia könnte ein Auge zudrücken und …

»Also, meine Damen.« Pia räusperte sich, und Sylvia meinte zu spüren, dass ihr die Sache unangenehm war. Was verständlich war. Sylvia kannte Pia seit über dreißig Jahren. Wie oft hatte sie den Mädels Butterbrezeln geschmiert und mit ihnen Backgammon gespielt. Und niemals hatte sie geschimpft, wenn Pia bei Flo übernachtete, die beiden ewig lange im Bett gequatscht und laute Musik gehört hatten. Sie würde doch jetzt nicht …

»Wer von Ihnen hat diesen Brief geschrieben?«

»Ich«, sagte Sylvia.

»Aber verfasst haben wir ihn zusammen.« Doro schaute Sylvia von der Seite an. »Sylvia hat die schönere Schrift.«

»Und an wen war dieser Drohbrief adressiert?«

»An eine Frau, die …«

Die Tür des Polizeireviers ging mit einem Ruck auf. Sylvia drehte den Kopf nach hinten. Joe. »Was machst du denn hier?«, fragte sie ihren Mann.

»Das würde ich dich auch gerne fragen!«, sagte Joe und ging auf Sylvia zu. Er packte sie am Arm.

»Lass mich«, sagte sie und entzog sich ihm. Aber er griff unter ihre Schulter und zog sie wie ein kleines Kind vom Stuhl hoch.

»Tschuldigung«, sagte er zu Pia, die mit offenem Mund die Szene beobachtete.

Auf Doros Stirn bildete sich eine kleine Falte.

»Ich muss zuerst etwas mit meiner Frau klären. Dann bringe ich sie dir wieder zurück.«

Sylvia bemerkte, wie Joe Doro betrachtete. Er schien nicht einordnen zu können, woher er sie kannte. Er zog Sylvia mit zur Tür. »Komm mit, ich muss mit dir reden.«

»Aber ...«

»In einer halben Stunde ist sie wieder da«, sagte Joe über die Schulter hinweg, schob Sylvia zur Tür hinaus und schloss sie lautstark hinter sich.

Pia schien ihm etwas nachrufen zu wollen, aber er beachtete sie nicht.

So kannte Sylvia ihren Mann gar nicht. So resolut. Sie war imponiert und schaute ihn von der Seite an.

»Wir gehen jetzt ins Café, und du erklärst mir, was hier los ist.«

»Unter einer Bedingung.«

»Und die wäre?«

»Wir gehen ins Café, und du erklärst mir zuerst, was mit dir los ist«, sagte Sylvia.

32

Pia

DAS WAR JA MAL ein Geständnis! Pia atmete aus und lehnte sich in ihrem Schreibtischstuhl zurück. Zuerst hatte Dorothea Singer alle Schuld auf sich genommen und erklärt, sie habe ihre Freundin Sylvia dazu angestachelt, den Drohbrief an die Frau zu schreiben, die die Münzen gestohlen haben sollte. Sylvia treffe keine Schuld. Und dann hatte sie weiter berichtet. Von Frau Habermann, die sie aus Wut niedergeschlagen hatte, und nachdem Pia ein wenig nachbohrte, gestand Frau Singer sogar, den Wagen von Frau Klausner beschädigt zu haben. Nicht die Reifen, aber Spiegel und Lack. Das gab es doch nicht. Da saß diese fast Siebzigjährige vor ihr und gestand, was sie in den letzten Wochen alles angestellt hatte. Und Pia hatte beim Zuhören bemerkt, wie gut sie Frau Singer verstand. Frau Habermann war eine fiese hinterhältige Frau, oder diese Frau Klausner, völlig charakterlos und auf einem Posten, für den sie gänzlich ungeeignet war. Trotz alledem, Frau Singer hatte Straftaten begangen, und dafür würde sie zur Rechenschaft gezogen werden.

Pia schaute auf die Uhr, kurz vor zwölf. Sie war mit Florentine im Biergarten verabredet. Flo hatte sie vorhin angerufen und ihr gesagt, dass sie sich unbedingt mit ihr treffen müsse. Flos Mutter war zwar bisher nicht wieder aufgetaucht, aber das war im Moment nicht wichtig. Frau Singer hatte die Verantwortung für den Drohbrief auf sich genommen, damit war die Mutter ihrer Freundin erst mal raus aus der Sache.

Im Biergarten am Alten Pferdehof waren an diesem Dienstagmittag viele Tische frei. Pia setzte sich unter einen der Schatten spendenden Kastanienbäume und las die Karte. Außer einem großen Salatteller gab es in diesem urschwäbischen Restaurant nichts Vegetarisches. Aber merkwürdigerweise hatte sie einen Riesenappetit auf Fleischküchle mit Kartoffelsalat. Das würde sie sich bestellen. Was machte es schon, ihre Vorsätze einmal über den Haufen zu werfen? Zumal sie gerade zwei Fälle gelöst und gestern Abend eine Straftat verhindert hatte. Sie überlegte. Nein, es waren ja sogar zwei Straftaten gewesen, die sie vereitelt hatte. Und es war ihr gestern Abend sogar geglückt, den behinderten jungen Mann zumindest für eine Nacht in einer WG unterzubringen. Paul, der Betreuer, würde sich weiter um ihn und dessen Mutter kümmern.

Pia bestellte sich ein alkoholfreies Radler, als sie Flo mit eiligen Schritten auf sie zukommen sah.

Flo winkte.

Irgendetwas musste passiert sein. Normalerweise ging Flo mit eher bedächtigen Schritten und wirkte dabei immer etwas verträumt.

Flo hängte ihre Handtasche über den Stuhl und ließ sich darauf fallen. Ohne eine weitere Begrüßung sprudelte sie los. »Ich muss dir was erzählen. Das glaubst du nicht. Frau Habermann wird ihre Anzeige zurückziehen.« Sie nahm

Pias Gesicht in beide Hände und gab ihr einen Kuss auf die Wange.

Pia war so verblüfft, dass sie kein Wort darauf erwidern konnte. Zudem redete ihre Freundin sofort weiter.

»Ich war bei Frau Habermann und hab ihr zwei meiner Liebesromane mitgebracht. Beim ersten Besuch hab ich ja gesehen, dass sie liest. Arztromane zwar, aber egal. Auf alle Fälle war sie erst mal so überrascht, mich zu sehen, dass sie mich in ihre Wohnung gebeten hat. Und dann hat sie sich artig bedankt für die Bücher. Sie wusste nicht, dass ich Schriftstellerin bin, und war erst mal angenehm berührt, dass ihr eine Autorin Bücher schenkt.« Sie kicherte.

»Okay, und dann?«

Die Bedienung kam mit Pias Radler. Florentine bestellte sich dasselbe zu trinken und einen schwäbischen Wurstsalat.

Pia überlegte einen Moment, blieb aber bei ihren Fleischküchle.

»Fleischküchle?« Flo schaute sie verdutzt an.

Pia nickte. »Erzähl weiter.«

»Also, ich hab mich etwas eingeschleimt, und sie hat sich sogar entschuldigt für ihre Aktion mit der Hundekacke. Das tue ihr fürchterlich leid. Und dann hat sie erwähnt, dass ihre Tochter mit ihr ins Gericht gegangen sei. Sie solle endlich aufhören, wegen dieser blöden Rampe zu prozessieren. Das wäre doch völlig daneben. Und ihre Tochter meinte auch, es sei kein Wunder, dass sie überhaupt keinen Anschluss hätte, dass niemand etwas mit ihr zu tun haben wollte, wenn sie sich so übel benehmen würde. Und dann ...«

Pia hatte Durst, sie unterbrach Flo kurz und prostete ihr zu. Sie tranken, und sofort redete Flo weiter.

»Zuvor meinte Frau Habermann, das, was Mattis zu ihr gesagt hatte, habe ihr sehr zu schaffen gemacht.«

»Mattis? Der Mattis, der …?«

»Genau der Mattis.« Flo grinste und fuhr fort. »Er hatte zu ihr gesagt, dass sie sehr wohl wisse, warum keiner in den beiden Wohnhäusern sie mag.«

Und gestern hätte Herr Adam bei ihr angerufen und sich erkundigt, wie es ihr ginge. Herr Adam, der Mann, dem sie das Leben so schwer macht. »Tja …, und da hat sie sich entschlossen, die Anzeige zurückzunehmen, denn sie ist fest davon überzeugt, dass es jemand im Haus war. Kannst du dir das vorstellen! Diese Frau ist völlig verwandelt.«

Pia trank einen großen Schluck. »Super, Flo! Ich weiß nämlich, wer Frau Habermann niedergeschlagen hat.«

»Oh, hat dir meine Mutter …?«

Pia schaute verdutzt. »Du weißt es auch? Warum hast du mir nichts gesagt?«

Flo fühlte sich schuldbewusst »Mama wollte nicht, dass ich es dir erzähle. Frau Singer ist doch eine alte Bekannte oder Freundin von ihr und …«

Pia winkte ab. »Ist ja auch egal. Frau Singer hat alles gestanden.«

»Aber wenn Frau Habermann die Anzeige zurückzieht, dann ist die Sache doch erledigt, oder?«

Pia überlegte. »Eigentlich schon.«

»Wir machen einen Deal: Du vergisst den Drohbrief, und wenn Frau Habermann die Anzeige zurückzieht, dann ist alles gut. Der Fall ist vom Tisch, dein Chef ist zufrieden, und einen neuen Fall gibt es nicht.« Flo schaute sie schelmisch an.

Die Bedienung brachte die Speisen. »Das sieht ja lecker

aus.« Pia lief das Wasser im Mund zusammen, als sie die Fleischküchle sah. Sie schnitt einen Bissen ab, legte das Stückchen bedächtig auf die Zunge und aß den ersten Bissen Fleisch seit einem Jahr. »Köstlich.«

Flo grinste und stach in ihren Wurstsalat.

»Eine Anzeige steht aber immer noch im Raum.«

»Welche denn?«

Pia erzählte Flo vom Fall Klausner, den Dorothea Singer auch gestanden hatte.

»Mist!«, sagte Flo und brach sich ein Stück von ihrer Scheibe Bauernbrot ab. »Kann man da nichts machen?«

»Frau Klausner wird auf ihrer Anzeige beharren. Die ist ein harter Brocken.«

Flo hielt immer noch ihr Stückchen Brot in der Hand. »Jeder ist bestechlich. Sagt meine Mutter immer.« Sie grinste. »Wir haben Frau Habermann geknackt, Frau Klausner werden wir auch noch knacken.« Sie tunkte ihr Brot in die Öl-Essig-Soße und aß es mit Genuss.

»Ich würde es der Frau wirklich gönnen. Gestern, als ich auf dem Bürgermeisteramt war, hatte ich den Eindruck, dass kein Einziger der Angestellten die Frau leiden kann. Aber etwas Brauchbares gegen sie habe ich nicht erfahren.«

»Ich kümmere mich drum. Irgendetwas werde ich herausfinden, was diese Dame kompromittieren könnte.«

Flos Blick war unternehmungslustig wie schon lange nicht mehr.

»Weißt du vielleicht irgendetwas über die Dame, etwas Negatives aus ihrer Vergangenheit, was ihrer Stellung schaden könnte?«

Pia überlegte. Aber sie kannte Frau Klausner nicht von

früher, wusste nur, dass sie aus Mindringen stammte und an die zehn Jahre älter als Flo und sie war. »Sie hat ein Kind, Philipp, elf Jahre, ist mit dem Vorstand von Geller verheiratet. Aber sonst?« Sie schüttelte den Kopf.

»Egal, ich frag Richard von der Zeitung oder besser noch Herrn Walker, der arbeitet schon Jahrzehnte dort. Bei dem hab ich damals mein Praktikum gemacht. Wenn jemand etwas weiß, dann er.« Sie aß einen Bissen. »Was ist übrigens mit meiner Mutter? Ist sie denn vorhin bei dir aufgetaucht?«

Pia nickte. »Sie war da. Aber nicht lange. Dein Vater hat sie abgeholt.«

»Papa?«

»Er sagte, er würde sie in einer halben Stunde wieder vorbeibringen. Hat er aber nicht. Aber ist ja egal.«

»Wie war mein Vater denn drauf?«

»Ziemlich aufgebracht, würde ich sagen.«

»Die bekommen das schon wieder hin.« Flo grinste.

Pia schaute Flo von der Seite an. »Du bist verliebt.«

»Jepp.«

33

Florentine

FLORENTINE HATTE ALLE FENSTER geschlossen, damit kein verführerischer Duft von draußen in Eddies Näschen dringen konnte. Seit er die Labradordame gerochen hatte, war er völlig durch den Wind, fraß nicht mehr und wirkte deprimiert. Aber das würde sich schon wieder geben. Ein Blick von ihr zeigte, er lag in seinem Körbchen und schlief.

Kurz darauf schloss sie die Wohnungstür hinter sich und eilte durch die Fußgängerzone. Sie nahm die letzte Kurve, ging am Reformhaus vorbei und trat gleich darauf ins Gebäude des *Mindringer Boten.* Richard war unterwegs, aber der ältere Kollege, den Flo von früher kannte, saß an seinem Schreibtisch. Sie redete ein paar Sätze Smalltalk mit Herrn Walker, tastete sich langsam vor, bis sie auf die Vorkommnisse über die *Mindringer Tafel* und Frau Klausner zu sprechen kam. »Die Tafel zu schließen war eine völlig überzogene Reaktion, meiner Ansicht nach. Aber die Betreiber wehren sich ja bereits. Sie haben einen Anwalt eingeschaltet. Doch wie ich die Sozialchefin kenne, lässt sie sich nicht so leicht unterkriegen.« Herr Walker stand von seinem Schreibtischstuhl auf. »Heiß heute«, sagte er, schloss das geöffnete Fenster hinter ihm und ließ das Rollo halb herunter. Er deutete auf die kleine Sitzgruppe in der

Ecke. Flo setzte sich auf einen der blauen Stühle, er nahm ihr gegenüber Platz.

»Kann ich irgendetwas für dich tun?« Er legte seine Lesebrille auf dem Tisch ab und sah sie durchdringend an.

»Ich wollte wissen, ob Frau Klausner ... also ... « Flo zögerte. Der alte Herr Walker mit seinen schlohweißen Haaren schüchterte sie ein. Er war früher ihr Mentor gewesen, als sie nach dem Abi ein halbes Jahr bei der Zeitung gejobbt hatte. Nett, aber ungeheuer streng. Wie hatte er damals ihre ersten Artikel zerrissen.

»Willst du einen Artikel über sie schreiben? Glaub mir, sie wird dir nichts erzählen. Sie ist mit dem Vorstand unserer größten Firma verheiratet. Setz dich nicht in ein Wespennest.« Flo meinte, ein kleines Grinsen in seinem Gesicht zu erkennen. »Eigentlich ist doch eher deine Mutter diejenige, die gerne Hintergründe aufspürt, die protestiert und sich gegen Missstände wehrt. Ist sie denn mal wieder von der Polizei abtransportiert worden?« Herr Walker lachte, dass der Bauch hinter seinem grau-weiß gestreiften Hemd wackelte.

Florentine schüttelte den Kopf. »Alles gut mit Mama. Sie pflegt ihre Blumen im Schrebergarten.«

»Oh, Sylvia ist unter die Gärtner gegangen. Das kann ich mir bei ihr gar nicht vorstellen.« Er lachte schon wieder. Herr Walker schien gut gelaunt zu sein. Vielleicht könnte sie ihn doch direkt fragen, ob er etwas über Frau Klausner wusste.

Sie traute sich, fragte nach, gab zu verstehen, dass ihr die Sache mit der *Mindringer Tafel* ungeheuer aufgestoßen sei. Aber Herr Walker beteuerte ihr, dass er keinerlei Kenntnisse über Frau Klausner habe. Nach zehn Minuten verabschiedete sich

Flo von ihm. Es hatte keinen Sinn. Er wusste wirklich nichts. »Und ehrlich gesagt«, sagte Herr Walker beim Hinausgehen, »bei uns in der Zeitung könntest du auch keinen Artikel über sie unterbringen. Dazu sind die Abhängigkeiten in unserer Kleinstadt zu groß. Leider.«

Noch während sie sich mit ihrem alten Chef unterhalten hatte, war Florentine eine andere Idee gekommen. Sie schaute auf die Uhr. Halb drei, sie hatte noch ein wenig Zeit, bevor sie mit Eddie Gassi gehen musste.

Eine Viertelstunde später saß sie auf einer Bank des Pflegeheims unter einer ausladenden Trauerweide. Neben ihr im Rollstuhl der alte Herr Birnbaum, der sich über ihren Besuch freute. »Wenn man hundert Jahre alt ist, sind ja die meisten Freunde weggestorben und die Besuche rar.«

»Haben Sie denn keine Familie?«

»Ich? Nein. Also, außer Brüdern und Schwestern. Aber die sind bereits alle im Himmel oder sonst wo. Ich war nie verheiratet. Gott sei Dank. Was glauben Sie, was ich für Dramen erlebt habe in meinem Freundeskreis. Nicht nur eine Scheidung, sondern gleich mehrere. So viele unglückliche Ehen ...« Er zögerte. »Na ja, manchmal war auch ich dran schuld. Es gab ja schon einige fesche Frauen in unserem Städtchen.« Er kicherte. »Aber Sie wollen sicher keine weiteren Artikel über mich schreiben, und die Anekdoten über mein Liebesleben sind bestimmt auch nicht gerade interessant. Was gibt es denn, Kindchen?«

Florentine setzte sich so, dass sie Herrn Birnbaum direkt ansehen konnte. »Sie sind doch hier in Mindringen geboren und kennen sicher eine Menge Leute.«

»Klar, ich bin nie groß weggekommen. Aber dafür sind die Menschen zu mir gekommen. Habe ich Ihnen doch erzählt. Ich hatte die bestbesuchte Kneipe im Städtchen. Den Schwanen.«

Natürlich wusste sie das. Genau deshalb war sie ja hier.

»Mit allem Drum und Dran. Kartenspielen, Jukebox, ab und an sogar Livemusik mit den Mindringer Musikgenies.« Er grinste sie an. »Waren keine Größen darunter, aber lustig war es immer.«

»Sie haben doch bestimmt viel mitbekommen. Also, von den Gästen, von dem, was in Mindringen so passiert ist.« Florentine sah in Herrn Birnbaums wache Augen.

»Über wen wollen Sie denn etwas wissen?«, fragte er. »Ich bin die noch lebende Geschichte von Mindringen!« Herr Birnbaum grinste. Sein Gesicht war mit Falten übersät.

»Frau Klausner, die Sozialchefin. Die Frau vom Geller-Vorstand.«

»Ach, die kleine Maier. Anneliese Maier aus der Schiefen Straße. Klar, die kenne ich gut.«

34

Sylvia

NATÜRLICH! SIE HATTE IHN mal wieder vergessen. Ihren Hochzeitstag. Und diesmal ihren vierzigsten. Nannte man den nicht Rubinhochzeit? Na ja, so ab und an dachte sie an den 25. Juli. Aber für Sylvia war der eigentliche Festtag schon immer der 31. Dezember gewesen. Damals hatte sie ihren Joe auf einer Party an der Uni kennengelernt und sich sofort in den groß gewachsenen jungen Studenten der Elektrotechnik verliebt. Er redete nicht so geschwollen daher wie viele ihrer Mitstudenten, die sich produzierten und vorgaben, die literarischen Werke von Goethe oder Kleist in- und auswendig zu kennen. Joe war schon immer bodenständig gewesen, interessierte sich für reale, praktische Dinge, und sie genoss es, von jemandem umschwärmt zu werden, der wie sie über Politik redete und sich nicht in abgehobenen Themen verlor, die nur die Uniprofessoren interessierten.

Zuerst schämte sich Sylvia in Grund und Boden, als Joe ihr von einem Geschenk erzählte, das er sich für sie überlegt habe und für das er Zeit brauche. Aber dieses Gefühl verflüchtigte sich schnell wieder. Denn sie hatten es schon immer so gehalten: Joe schenkte ihr am Hochzeitstag eine Kleinigkeit, sie dagegen schenkte ihm an ihrem Kennenlerntag etwas. Letzten Silvester war es ein Bildband von Korsika gewesen.

Weil er schon immer von der Insel geschwärmt hatte und sie es bisher nie geschafft hatten, dort Urlaub zu machen. Das Geschenk war nicht ganz uneigennützig gewesen, denn auch sie hatte schon lange den Wunsch, diese noch nicht ganz so touristische Insel zu besuchen. Deshalb war sie auch so sauer auf ihn gewesen, dass er ständig abgeblockt hatte, wenn sie ihn auf den nächsten Urlaub und auf Korsika angesprochen hatte. Immer wieder hatte er so getan, als hätte er dieses Jahr keine Lust auf Urlaub.

»Was ist das denn für ein Geschenk?«, fragte sie Joe bereits zum dritten Mal. »Sag doch endlich!« Nach dem Besuch im Café war Joe mit ihr in den Schrebergarten gegangen. Jetzt saßen sie auf der Hollywoodschaukel, jeder ein Glas Apfelsaft in der Hand.

Joe schüttelte den Kopf. »Da musst du dich noch ein paar Tage gedulden, mein Schatz.«

»Bitte! Jetzt sag schon.«

»Nein. Das ist die Strafe dafür, dass du geglaubt hast, ich sei fremdgegangen.«

»So richtig hab ich es ja nicht geglaubt.« Sylvia schlenkerte mit den nackten Beinen.

»Warum nicht? Traust du mir das nicht zu? Deinem schönen Mann.« Er strich sich über seine Fastglatze und grinste sie an.

Sylvia gab ihm einen Kuss auf den Mund.

»Natürlich traue ich dir das zu. Zumindest den Wunsch nach einer anderen Frau. Es ist ja nicht immer so leicht, mit mir auszukommen.«

»Da hast du recht. Prost.« Er stieß mit seinem Apfelsaftglas an ihres. Sie tranken.

»Aber mit mir auch nicht.« Er schaute sie mit seinen tief dunkelblauen Augen an, und Sylvia wunderte sich nicht, dass sie sich schon vor Jahrzehnten in ihren Mann verliebt hatte.

»Vierzig Jahre ist ja kein Pappenstiel«, sagte sie und trank noch mal. Sie stellte das leere Glas auf die Kiste.

»Und 44 ½ Jahre sind erst recht kein Pappenstiel«, sagte Joe und grinste sie an. »Meine Güte, was waren wir noch jung. Du 24, ich 25 Jahre alt.«

»Ja, jung und unschuldig.«

»Genau, und jetzt hattest du schon zum zweiten Mal in den letzten Jahren mit der Polizei zu tun.« Joe schaute sie von der Seite an.

»Das erste Mal mit der Stuttgarter, das zweite Mal mit der Mindringer. Was für ein Abstieg.« Sylvia lachte auf. Dann besann sie sich. Sie sollte unbedingt Doro anrufen und fragen, was sich auf dem Polizeirevier ergeben hatte. Sie schaute Joe von der Seite an und strich ihm leicht über den nackten Arm. Was für eine Erleichterung, dass der Streit mit ihm endlich ein Ende hatte. »So, mein Lieber, genug geküsst und in alten Zeiten geschwelgt. Ich muss jetzt zu meiner Freundin Doro. Ich kann sie doch nicht alleine lassen. Schließlich haben wir fast eine Straftat zusammen begangen. Ich muss wissen, was Pia mit ihr angestellt hat.« Sylvia stand auf.

»Und ich muss mich um dein Geschenk kümmern.«

»Bitte! Sag es mir!«

Joe legte den Finger auf den Mund.

35

Pia

AM NACHMITTAG HATTE PIA endlich Zeit, Tommie anzurufen. Gestern war ein Brief von der Universität Tübingen gekommen. Vielleicht etwas Wichtiges.

»Von der Uni? Oh!«

Tommie wirkte aufgeregt.

»Hast du ihn aufgemacht?«

»Natürlich nicht. Er ist doch an dich adressiert. Ich wusste gar nicht, dass du noch Kontakt zur Uni hast.«

Am anderen Ende der Leitung war es still. »Ich hab mich dort beworben. Auf eine halbe Stelle. Dozent für die Erstsemester.«

Pia stutzte. »Das hast du mir gar nicht erzählt.«

»Nein. Ich dachte, wenn das Ablehnungsschreiben kommt, dann behalte ich das für mich. Ist ja nicht so schön, wenn ein Mann so viele Niederlagen eingestehen muss.«

»Tommie, bitte! Es ist völlig okay, wenn du diese blöde Prüfung nicht schaffst. Ich kann mir dich sowieso nicht als Versicherungsvertreter vorstellen. Wir schaffen das auch so. Mit einer Gehaltserhöhung und ...«

»Meinst du, dein Chef schlägt dich als seine Nachfolgerin vor?«

»Ich glaube schon.« Pia grinste in sich hinein. Sie erzählte ihm von ihren Erfolgen.

»Das ist ja klasse. Ich bin stolz auf dich!«

Pia hörte an Tommies Stimme, dass er es ernst meinte. Er war noch nie neidisch gewesen, dass sie einen Job hatte, den sie liebte, und dass sie gut darin war. Schade, dass sie ihn jetzt nicht in die Arme nehmen konnte.

»Hast du den Brief von der Uni vor dir?«, fragte er.

»Nein, ich bin im Polizeirevier. Der Brief liegt daheim auf der Kommode.«

»Könntest du vielleicht …?«

»Mach ich. Ich muss nur noch eine Sache erledigen. Dann fahr ich kurz zu Hause vorbei, bevor ich Paulchen von der Kita abhole.«

»Und dann rufst du mich an. Ja?«

»Natürlich.«

»Egal, was drinsteht.«

»Egal, was drinsteht.«

Florentine hatte sie auf eine Idee gebracht. Deshalb hatte sie vor dem Telefonat mit Tommie ihre Mutter angerufen. Pias Mutter war zwar nicht in Mindringen geboren, aber sie hatte das Bekleidungsgeschäft fast 35 Jahre lang zusammen mit Pias Vater geführt. Und Mama kannte die meisten Leute im Städtchen, sicher auch Frau Klausner.

»Irgendetwas hab ich im Hinterkopf. Aber spontan komme ich jetzt nicht drauf«, hatte Mama gesagt. »Wie heißt Frau Klausner denn mit Vornamen?«

Pia schaute in ihrem Handy nach. Gleich danach hatte sie es: »Annemarie.«

»Und sie muss um die fünfzig Jahre alt sein, schätze ich.«

Mama schien zu überlegen. Dann sagte sie: »Es gab da

213

mal einen Skandal mit einer Annemarie. Vor ... vielleicht dreißig Jahren. Irgendwas mit Drogen oder einem Einbruch. Keine Ahnung.«

»Hier in Mindringen?«, fragte Pia.

»Nein. Nicht hier. Das muss in Tübingen gewesen sein oder Reutlingen. Aber es war eine junge Frau aus Mindringen. Aber an mehr kann ich mich nicht erinnern.«

»Danke, Mama. Das hilft mir schon etwas weiter.« Pia legte auf.

Ein kurzer Anruf beim Einwohnermeldeamt. Frau Klausner war eine gebürtige Maier, Annemarie Maier. Sie hatte mit 25 Jahren einen Mann namens Zimmermann geheiratet, war zehn Jahre später geschieden worden und seit zwölf Jahren mit Daniel Klausner verheiratet.

Pia schaute vorsichtshalber in ihrer Datei nach. Aber sie fand keine Eintragung über eine Annemarie Maier. Das hatte sie vermutet. Ein Anruf bei ihren Kollegen in Tübingen und Reutlingen ergab auch nichts. Wäre auch merkwürdig gewesen, denn falls die Frau eine Straftat begangen hätte, wären die Daten nach so langer Zeit schon lange gelöscht. Sie seufzte. Ihr würde nichts anderes übrig bleiben. Sie musste gegen Frau Singer ermitteln.

36

Florentine

»Ich hab's!« Florentine erwischte Pia im Auto.

»Was hast du?«

»Ich habe Informationen über Annemarie Klausner, geborene Maier.«

»Sag mal, du bist ja die geborene Detektivin.«

»Wir sollten ein Büro aufmachen. Ich als Detektivin, du mit Infos von der Polizei.« Flo lachte.

»Jetzt sag schon!«

»Also: Annemarie Maier beziehungsweise Klausner hat zusammen mit ihrem damaligen Freund, einem Timo Schulze, mit Drogen gedealt und sie an einem Tübinger Gymnasium verkauft. Sie ist wohl in Tübingen zur Schule gegangen, weil sie im hiesigen Gymnasium rausgeschmissen worden war. Wegen Drogenbesitz.«

»Woher weißt du das?«

»Tja, ich habe meine Quellen. Quatsch. Ich hab den alten Herrn Birnbaum gefragt. Den im Altersheim. Er hatte früher eine Kneipe, und da dachte ich ...«

»Der weiß alles.«

»Genau!« Flo hörte, wie ihre Freundin auflachte.

»Wie alt war sie damals?«

»Sie war volljährig, wohl kurz vor dem Abi.«

»Super, Flo. Das heißt, Frau Klausner ist vorbestraft.«

»Und da dachte ich mir: Eine vorbestrafte Annemarie kann doch sicher nicht Sozialchefin werden, oder irre ich mich da?«

»Wahrscheinlich nicht.«

»Und das müsste eigentlich heißen, dass sie ihre Vergangenheit verschwiegen hat.«

»Das ist wahrscheinlich.«

Florentine hörte, wie Pia den Motor ausschaltete. »Wo bist du gerade?«

»Ich bin daheim. Muss aber gleich Paulchen abholen.«

»Also, dann mach ich mich jetzt auf den Weg.«

»Wohin denn?«

»Zu Frau Klausner aufs Rathaus. Mein Plan ist: Ich gebe mich als neue Journalistin vom *Mindringer Boten* aus, die gerne bedeutende Mitarbeiter der Stadt interviewen möchte. Und dann werde ich sie auf ihre Vergangenheit ansprechen.«

»Flo, tu das nicht. Wenn das bei der Zeitung rauskommt, bist du den Job sofort los und ...«

»Das wird nicht rauskommen. Warum sollte sie sich bei der Zeitung beschweren? Das würde diese alte Geschichte nur neu aufrollen, und sie wäre ganz sicher ihren Job los.«

»Warum machst du das? Du kennst doch diese Frau Singer kaum?«

»Sie ist die Freundin meiner Mutter, Frau Klausner ist eine schreckliche Zimtzicke, wie übrigens du mir gesagt hast, und zudem brauche ich solche Geschichten für meine zukünftigen Romane.«

»Du schreibst wieder? Flo, das ist ja großartig!«

»Ja, ich habe endlich wieder eine Idee für einen ...«

»… einen Liebesroman?«

»Genau.« Florentine lachte auf. Als sie vorhin von Herrn Birnbaum nach Hause gekommen war, lagen drei Rosen vor ihrer Tür mit einem kleinen Kärtchen von Mattis. »Vermisse dich! Bis morgen!« Mattis hatte heute Abend ein Konzert in Frankfurt und würde erst am nächsten Tag wieder zu Hause sein.

»Oh, das freut mich für dich! Dann brauchst du den Job bei der Zeitung vielleicht gar nicht mehr.«

»Weiß noch nicht. Macht ja auch Spaß! Vielleicht mach ich beides. Auf alle Fälle gehe ich jetzt in die Höhle der Löwin, und du wirst sehen, sie wird nicht beißen.«

»Viel Glück, Flo!«

Florentine öffnete die schwere Rathaustür. Etwas mulmig war ihr, aber sie machte sich selbst Mut. Sie war die Tochter ihrer Mutter, einer selbstbewussten couragierten Frau, die sich gegen Missstände wehrte, genauso wie Frau Singer. Es war sicher nicht die feine Art, jemandem das Auto zu beschädigen, aber Frau Singer hatte damit ein Zeichen gesetzt, war gegen Ungerechtigkeit vorgegangen, und sie würde ihr helfen, aus der Sache heil herauszukommen.

Frau Klausner war zu sprechen und erfreut, als Florentine ihr Anliegen erklärte. Flo betrachtete die schmale Frau mit der spitzen Nase, die in einem grauen Kostüm mit weißer Bluse vor ihr saß und ihre schlanken Beine übereinandergeschlagen hatte. Konnte es sein, dass sie als junge Frau mit Drogen gehandelt hatte? Florentines Magen grummelte. Sie fragte Frau Klausner nach ihrer Tätigkeit im Rathaus, ihrer Ausbildung, erkundigte sich nach vermeintlichen Erfolgen …

als Flos Handy piepste. Sie entschuldigte sich kurz. Eine SMS von Pia. »Hab mich nochmal erkundigt. Sie ist tatsächlich vorbestraft!!! Hat zwei Jahre bekommen.«

Florentine atmete tief durch. Jetzt wagte sie es.

»Frau Klausner, Sie haben erzählt, dass sie früher in einem Tübinger Gymnasium zur Schule gingen.«

»Ja, die Schule hatte einen guten Ruf, und meine Eltern wollten gerne, dass ich die beste Aus...«

»Kann es sein, dass Sie vom Mindringer Gymnasium geflogen sind, weil Sie mit Drogen gehandelt haben?«, unterbrach sie die Sozialchefin. Florentine bemerkte den irritierten Blick ihres Gegenübers. Aber Frau Klausner hatte sich schnell wieder im Griff.

»Nein, ganz sicher nicht. Das muss ein Missverständnis sein.«

»Sie hießen damals Annemarie Maier. Stimmt das?«

Frau Klausner nickte zögerlich.

»Sie durften auf einem Tübinger Gymnasium weiter zur Schule gehen, haben dort erneut mit Drogen gehandelt und sind verurteilt worden.«

Frau Klausner schnellte von ihrem Schreibtischstuhl hoch. »Was fällt Ihnen ein?«

Florentines Herz klopfte lautstark. Sie atmete tief aus und ein und beobachtete die Frau, die jetzt mit verschränkten Armen vor dem Fenster stand und auf die Birke dahinter starrte.

»Sie sind vorbestraft.«

Die Frau stierte weiter aus dem Fenster.

»Was wollen Sie von mir?«, fragte sie mit kaltem Ton und drehte sich um. Sie sah Florentine mit scharfem Blick an.

Florentine stand auf. »Ziehen Sie Ihre Anzeige zurück.« Sie betrachtete die fahlen Wangen der Frau, die um Jahre gealtert schien.

»Wer sind Sie? Waren Sie es? Haben Sie mein Auto beschädigt?« Ihre Stimme klang nicht mehr so fest wie vorhin.

»Nein.« Flo bemerkte, wie eine Ader am Hals der Frau schnell pulsierte. Sie hatte Angst.

»Und überdenken Sie Ihre Aktion mit der *Mindringer Tafel*.« Frau Klausner öffnete den Mund, sagte aber nichts.

Florentine drehte sich um, öffnete die Tür und sagte beim Hinausgehen: »Dann werde ich auch nichts über Sie schreiben«, und schloss die Tür hinter sich. Ihr Herz pochte so laut wie schon lange nicht mehr. Sie atmete tief durch, und dann durchströmte sie ein Glücksgefühl. Wow, sie hatte es getan! Sie hatte die Frau in die Ecke gedrängt, und diese würde die Anzeige zurückziehen. Da war sich Flo sicher.

»Wann erscheint denn der Artikel?«, rief ihr die Sekretärin beim Hinausgehen zu. Aber Florentine antwortete nicht. Beschwingt lief sie die Treppenstufen hinunter.

37

Sylvia

Sylvia und Joe stellten den frisch renovierten blau-weißen VW-Bulli aus den 60er-Jahren vor dem Schrebergarten ab. »Dauert nicht lange. Ich instruiere Doro nur noch mal kurz, wie sie welche Pflanzen zu gießen hat.« Sylvia sprang aus dem Bus und rief schon beim Öffnen des Gartentürchens nach ihrer Freundin.

Doro kam um die Ecke gelaufen und umarmte Sylvia. »Das ist wirklich ein Traum hier. Danke noch mal, dass du mir den Schlüssel überlassen hast.«

»Ich danke dir. Meine Blümchen würden die nächsten vier Wochen ohne Wasser nicht überleben.« Sylvia erklärte Doro genau, welche Blumen wie oft gegossen werden sollten. Sie zeigte ihr, wie die Sonnenkollektoren funktionierten und wo die Späne für das Toilettenhäuschen lagen, die man nach dem Toilettengang in den Schacht streuen sollte. Nach zehn Minuten war alles klar. »Und du kannst hier natürlich so oft übernachten, wie du willst. Ist manchmal ein wenig laut, wenn die Jungen feiern, aber es ist ja auch schön, wenn was los ist.«

»Genau, es ist schön, wenn was los ist. Aber ehrlich gesagt bin ich froh, dass sich alles geklärt hat und ein wenig

Ruhe einkehrt in meinem Leben, zumindest für ein paar Wochen. Ich hätte nie gedacht, dass die Habermann ihre Anzeige zurücknimmt. Die scheint völlig verwandelt zu sein. Letzte Woche hat sie mich im Haus gegrüßt und Smalltalk mit mir gemacht.«

Sylvia lachte. »Tja, und dann hat sogar die Sozialchefin eine Kehrtwende gemacht und auch die Anzeige zurückgezogen.«

»Und die Tafel öffnet wieder. Nach einer gründlichen Neurenovierung, die die Stadt bezahlt. Dann waren meine nicht ganz korrekten Aktionen doch nicht umsonst.« Doro grinste.

»Was ist denn eigentlich aus der Frau mit den Münzen geworden?«, fragte Sylvia.

»Marco, du weißt schon, der junge Mann auf Methadon, hat Anzeige erstattet. Ich habe ihn ins Polizeirevier begleitet. Frau Lindner hat die Anzeige aufgenommen. Und als das Vorladungsschreiben der Polizei bei der Dame ins Haus geflattert ist, hat sie die Münzen sofort zurückgegeben. Sie hatte wohl Angst, dass sie durch die Anzeige ihren Job verliert. Also, alles geklärt.«

»Super!«

Sylvia und Doro gingen Richtung Gartentürchen. »Na dann, wie abgemacht«, sagte Doro und lächelte verschmitzt. »Ich überlege mir verschiedene Strategien, wie unsere Mitmenschen selbstbewusster werden könnten, damit ich nicht immer diejenige bin, die kleine Straftaten begehen muss.«

»Nein, sie sollten sich selber wehren. Und deine Idee mit dem Krimistammtisch ist klasse. Ich hab mir ein paar Krimis für die Reise eingepackt, und meine Bücherregale sind ja auch voll davon. Wir finden sicher welche, die geeignet sind.«

»Genau. Wir wollen zwar nicht zu Morden anstiften, aber zu zivilem Ungehorsam.« Doro lachte.

»Highsmith ist klasse! Du musst sie unbedingt lesen. Ihre Mörder werden meist nicht gefasst.« Sylvia stimmte in ihr Lachen ein.

»Oder Ingrid Noll. Ich hab sie mal auf einer Lesung erlebt. Sie sagte, sie wünscht ihren Mördern keine Verurteilung, höchstens einen leichten Durchfall.«

»Und dann unsere Idee mit dem Selbstverteidigungskurs. Die behalten wir im Hinterkopf.« Sylvia beobachtete, wie Joe aus dem Bus stieg. Er kam einige Schritte auf sie zu.

»Na, hecken die Hollywood Ladies schon wieder etwas aus?«, fragte er.

»Hollywood Ladies? Was für ein passender Name!« Sylvia lächelte verschmitzt. »Aber nein!«

»Wie kommst du nur auf so etwas?« Doro grinste Joe an und umarmte Sylvia. »Wir schmieden weitere Pläne, wenn ihr wieder zurück seid«, flüsterte sie Sylvia ins Ohr. »Was für ein schöner Bus!«, sagte sie zu Joe.

»Aus den USA importiert, hier repariert.« Liebevoll strich Joe über die weiß lackierte Motorhaube. »Vor 35 Jahren hatte wir mal einen Bulli. Damit sind wir mit den Kindern in Urlaub gefahren.«

»Bis er seinen Geist aufgegeben hat. Wir waren damals so traurig. Tja ...« Sylvia schloss das Gartentürchen hinter sich. »Und da dachte mein lieber Mann, er könnte mich zu unserem Hochzeitstag mit einem renovierten Bulli überraschen. Und das hat er auch. Das war eine wunderbare Überraschung!« Sie gab Joe einen Kuss.

»Ja, aber jetzt müssen wir. Korsika ruft.« Joe setzte sich

hinters Steuer. Sylvia winkte Doro ein letztes Mal zu, dann stieg sie ebenfalls ein. Als Joe den Motor startete, lehnte sie sich noch mal aus dem Fenster. »Übrigens, hier gibt's eine ältere Frau, die ab und zu ungebeten aufs Grundstück kommt. Aber du weißt dir ja sicher zu helfen! Bis bald!«

38

Pia

»Was für ein super Auto! Toll, dass uns dein Vater seinen Volvo geliehen hat. Da passen sogar meine langen Beine rein!«

»Ja, alt, aber gut in Schuss. Papa liebt seine Autos. Er hegt und pflegt sie, da läuft auch ein zwanzigjähriger Volvo noch wie geschmiert.« Florentine griff nach der Wasserflasche, die sie neben ihren Beinen abgestellt hatte, und trank. »Du auch?«

Pia schüttelte den Kopf. »Ich kann es immer noch nicht fassen. Zwei Wochen frei, ohne Job, ohne Kinder.«

»Und ohne Mann«, sagte Florentine und grinste.

»Na ja, Tommie hätte ich schon gerne mitgenommen, aber wir haben ja einen Auftrag zu erledigen, nicht wahr?« Sie grinste zurück.

»Einen sehr wichtigen!« Flos Blick fiel auf den Rücksitz. »Und du hast wirklich alles Notwendige dabei?«

»Klar. Das Wichtigste ist die Uniform. Damit ich deinen Ex-Lover etwas einschüchtere, wenn ich vor ihm stehe.«

»Und Leons Waffenattrappe.«

»Die werde ich nur im Notfall verwenden. Du hast mir doch erzählt, dass Lars ein richtiger Schisser ist – so wie du. Vielleicht reicht allein die Uniform, um ihn einzuschüchtern. Pia stieß ihre Freundin freundschaftlich in die Seite.

»Ja, er hat fürchterliche Angst vor Spinnen und Ratten.

Einmal haben wir in einer Jugendherberge übernachtet. Die war sehr alt. Sie hatten nur noch das Zimmer frei, in dem Hunde erlaubt waren. Auf alle Fälle war es ziemlich heruntergekommen, und in der Nacht hat sich dann wohl eine Ratte aus ihrem Versteck gewagt.«

»Oh je! Was ist dann passiert?«

»Lars ist vor Schreck auf den Tisch gestiegen, der im Zimmer stand, und hat geschrien.«

»Und du?«

»Ich bin aus dem Zimmer gerannt, einen langen Flur entlang, dann raus aus dem Haus.«

»Klug!« Pia lachte sie an. »Und was war mit Eddie?«

»Damals hatten wir ihn noch nicht.« Florentine schaute noch mal nach hinten. Eddie rührte sich nicht, er schlief tief und fest in seinem kleinen Hundekäfig. »Wir haben dann sofort unsere Sachen gepackt und die Nacht im Auto verbracht. Sehr romantisch.« Florentine lachte auf.

»Vielleicht sollten wir es erst mit einer Ratte versuchen? Wir kaufen eine und ...«

»Ne, nicht mit mir. Wir machen es so wie geplant. Du ziehst deine einschüchternde Uniform an und hältst ihm die Anzeige unter die Nase, die ich ins Schwedische übersetzt habe. Ich glaube das reicht, das wird ihn umhauen.«

»Okay. Und du weißt, wo er sich gerade aufhält?«

»Klar, von Stina. Die hat ihre Quellen. Im Moment ist er auf einer kleinen Insel vor Stockholm. Da kommen wir mit einem Boot hin.«

»Super!« Pia schaute auf die Uhr. »Noch zwei Stunden bis zur Fähre in Kiel. Das schaffen wir locker.«

»Dann eine Nacht auf der Fähre. Von Göteborg nach

Stockholm dauert es circa vier Stunden. Schließlich rauf auf das Touristenboot und ...«

»Dann schnappen wir ihn uns!« Pia grinste.

»Genau.« Florentine lachte auf.

»Und danach machen wir Urlaub. Sommer in Schweden, in einem rot-weißen Ferienhäuschen, und ich tue nichts als schlafen, baden, essen, dösen ...«

»Und mit Tommie und deinen Kindern telefonieren.«

»Das natürlich auch. Aber die sind ja erst mal zehn Tage auf einem Campingplatz am Gardasee. Und danach besuchen sie noch Tommies Eltern im Allgäu. Die werden keine Sehnsucht nach mir haben. Und du?« Pia schaute Flo von der Seite an. »Du wirst mit deinem Mattis telefonieren, oder?«

Florentine nickte. »Ich vermisse ihn jetzt schon. Aber es passt ja. Er ist auf Norddeutschland-Tournee, zwei Wochen lang. Im Spätsommer fahren wir dann noch eine Woche zusammen in die Toskana.«

»Hast du nicht mal erwähnt, dass Mattis so oft Frauenbesuch bekommt. Hat sich das geklärt?«

Flo lachte auf. »Ich und meine Eifersucht. Ja, das hat sich geklärt. Die dunkelhaarige Frau ist Mattis Schwester Laura. Ich hab sie bereits kennengelernt. Eine sehr nette. Und die anderen Frauen, die Mattis besucht haben, sind Kolleginnen, die mit ihm Musik machen.«

»Wie schön!« Pia freute sich für Flo. Endlich war sie wieder glücklich und genauso unternehmungslustig wie früher. Die Sache mit Lars hatte sie ziemlich mitgenommen. Aber Pia war sicher, sie würden diesen Burschen finden und ihm das Geld abknöpfen. Dann würde Flo keine Geldsorgen mehr

226

haben und könnte sich auf ihren neuen Liebesroman konzentrieren, den sie angefangen hatte. Pia lächelte vor sich hin.

»Was denkst du?«

»Ich hab gerade an deinen neuen Roman gedacht. Ich freu mich so, dass du wieder schreiben kannst! Du wirst sehen, deine Lektorin wird begeistert sein. So wie früher.«

»Das hoffe ich auch. Auf alle Fälle hat sie meine Ideen schon mal gut gefunden. Und bei dir klappt ja auch alles.« Flo lächelte sie an. »Bald Chefin des Polizeireviers von Mindringen. Dein Chef war ja wohl sehr zufrieden mit dir.«

Pia nickte. »Ja, dank deiner Hilfe.« Sie drückte kurz Florentines Hand. Herr Zaihsenberger hatte sie gelobt. Sie hätte ihn während seiner Kur sehr gut vertreten, hätte alles, was auf dem Tisch gelegen war, zur besten Zufriedenheit gelöst. Pia überlegte: Das Einzige, was sie nicht herausbekommen hatte, war, wer die Luft aus Frau Klausners Reifen gelassen hatte. Aber darüber musste sie sich keine Gedanken mehr machen, die Dame würde von jetzt an Ruhe geben. Wichtig war nur: Ihr Chef würde sie als seine Nachfolgerin vorschlagen. »Deswegen hast du ja noch was gut bei mir, und ich helfe dir dabei, Lars das Geld abzuluchsen«, sagte sie zu Florentine und lächelte.

»Und dein Tommie hat die halbe Stelle an der Uni bekommen.«

»Was bin ich froh darüber! Und er erst.«

»Also, dann ist ja alles gut!«

»Genau, und bei dir wird auch alles gut. Denn deinen Ex-Lover schnappen wir uns.«

»Was hat Mama gesagt, als sie sich in den Urlaub verabschiedet hat?« Florentine grinste. »Einer geht noch!« Beide lachten, und Pia drückte aufs Gaspedal.

Die Autorin

LENA TROLL ist das Pseudonym einer bekannten deutschen Autorin. Sie hat bisher Familienromane, Krimis und Kinderbücher veröffentlicht und schreibt nun auch mit Begeisterung humorvolle Verbrecherkomödien. Sie ist Buchhändlerin, hat Germanistik studiert und in Verlagen gearbeitet. Seit 2008 lebt sie mit ihrem Mann im schwedischen Lappland.

Vorschau

So geht es mit Sylvia, Flo und Pia weiter:

Flo und Pia machen sich auf den Weg nach Schweden, um Lars das Geld abzuknöpfen, das er Flo schuldet. Gleichzeitig fährt Sylvia mit ihrem Mann Joe Richtung Süden. Doch alles kommt ganz anders als geplant ...

**Der zweite Teil der Hollywood Ladies
erscheint im Herbst 2023**

Hiltrud Baier: Helle Tage, helle Nächte

Frühling.

Die Kirschbäume blühen. Es könnte so idyllisch sein. Doch Anna Albinger, die am Fuß der Schwäbischen Alb lebt, erkrankt schwer. Plötzlich wird sie von dem Gefühl eingeholt, dass es für manche Dinge irgendwann zu spät sein könnte. Denn da gibt es diese eine große Lüge in ihrem Leben. Schweren Herzens schreibt sie einen Brief, den ihre Nichte Frederike für sie nach Lappland bringen soll. Frederike, frisch geschieden und auf der Suche nach einem neuen Anfang, bricht in den menschenleeren Norden auf. In der Bergwelt Lapplands ist sie auf sich allein gestellt und versucht, ihr altes Leben hinter sich zu lassen. Sie findet den Mann, an den Annas Brief adressiert ist, und noch viel mehr...

2018, 352 Seiten, eBook, Taschenbuch, Hardcover und Hörbuch

Print: 978-3-596-29-854-9
E-Book: 978-3-10-490415-3

Erhältlich überall, wo es gute Bücher gibt: online und im lokalen Buchhandel.

Hiltrud Baier: Tage mit Ida

Drei Frauen, ein tragischer Verrat, eine letzte Chance auf Versöhnung – ein neuer großer Roman von Hiltrud Baier, der Bestsellerautorin von „Helle Tage, Helle Nächte"

Lange weiße Haare zu einem Zopf gebunden, buntgemustertes Schultertuch, aufmerksamer Blick: Als Susanne Ida zum ersten Mal sieht, spürt sie gleich eine Verbindung. Doch was die ältere Dame mit dem merkwürdigen Akzent zu sagen hat, wird Susannes Leben gehörig durcheinanderwirbeln. Sie behauptet, die Schwester von Susannes Mutter zu sein. Doch diese hat die Existenz einer Schwester nie auch nur mit einem Wort erwähnt. Lügt Ida etwa? Oder hat Susannes Mutter ihr jahrzehntelang die Wahrheit vorenthalten?

Zusammen mit Ida beginnt Susanne, in ihre Familiengeschichte einzutauchen. Sie begibt sich auf einen Weg, an dessen Ende sie etwas findet, was sie gesucht hat – auch wenn es nicht das ist, was sie erwartet hätte.

2020, 320 Seiten, eBook, Taschenbuch

Print: 978-3-81053-070-7
E-Book: 978-3-10-491143-4

Erhältlich überall, wo es gute Bücher gibt: online und im lokalen Buchhandel.

Klara Nordin: Totenleuchten

Jokkmokk am Polarkreis, die Zweige der Kiefern biegen sich unter dem Neuschnee, auf dem zugefrorenen Talvatis-See finden Husky-Rennen statt, und die Einheimischen bereiten den alljährlichen samischen Wintermarkt vor, als ein junger Mann aus ihren Reihen ermordet wird. Grausam geschlachtet wie ein Rentier. Linda Lundin hat gerade ihren neuen Job als Hauptkommissarin in Nordschweden angetreten, einen solch schrecklichen Mord hat auch sie selten gesehen. Wer tötet einen Jungen, der im Dorf rundum beliebt war? Gemeinsam mit ihren Kollegen Bengt und Margareta nimmt sie die Ermittlungen auf und stößt im kleinen Jokkmokk auf kuriose Bewohner, samische Geschichten und alte Geheimnisse. War der tragische Unfall des besten Freundes des Mordopfers, der vor einigen Monaten im See ertrank, etwa gar kein Unfall? Und müssen sie mit weiteren Morden rechnen? Bislang erzählen nur die Nordlichter von den Toten ... Atmosphärisch so bestechend, dass man sofort in den hohen Norden reisen möchte, und ein hochspannender Fall, der die Ermittler an ihre Grenzen bringt: Jokkmokk wird einen Platz auf der Krimilandkarte erobern.

2014, 336 Seiten, eBook, Taschenbuch und Hörbuch

Print: 978-3-46204-693-9, E-Book: 978-3-462-30825-9

Erhältlich überall, wo es gute Bücher gibt: online und im lokalen Buchhandel.

Klara Nordin: Septemberschuld

Lappland im Herbst: ein neuer hochspannender Fall für Kommissarin Lundin

Der Blick schweift über die sanft ansteigenden Berge des Sarek Nationalparks, über das strahlende Rot der Beerensträucher und das satte Gelb der Birken: Es ist Mitte September, Lappland leuchtet in den kräftigen Farben des Herbstes, und in den Bergen fallen die ersten Schneeflocken. Es ist die Zeit, in der die Einheimischen ihre Rentiere zusammentreiben, um das samische Rentierschlachtfest zu begehen, als plötzlich die Leiche einer Frau gefunden wird: mitten unter den nach traditionellen Riten geschlachteten Tieren, erschossen mit einer Bolzenschusspistole. Hauptkommissarin Linda Lundin und ihre Kollegen müssen auf der Suche nach dem Mörder von Ella Vikström tief in die Vergangenheit eines zerrissenen Dorfes eintauchen, das ein brisantes Geheimnis verbirgt. Vor den faszinierenden Weiten des Polarkreises offenbart sich Kommissarin Lundin ein Netz aus Schuld und Verrat, das bis in die unmittelbare Gegenwart reicht.

2015, 336 Seiten, eBook, Taschenbuch und Hörbuch

ISBN: 978-3-46204-836-0, E-Book: 978-3-462-31518-9

Erhältlich überall, wo es gute Bücher gibt: online und im lokalen Buchhandel.